Chère Lectrice,

   ... On n'y croyait pas, et pourtant nous y sommes. Le 1er janvier 2000 n'est plus une date "futuriste" — celle des fantasmes échevelés et des techniques farfelues — mais un événement que nous allons vivre ensemble et qui nous fait basculer vers un autre millénaire. De quoi les mille prochaines années seront-elles faites ? Nul ne peut encore le dire. Mais, d'ores et déjà, Harlequin et votre collection Rouge Passion vous souhaitent de franchir le pas le cœur débordant d'espoir et des étoiles plein les yeux. Nous vous promettons aussi de faire de notre mieux pour que chaque instant en notre compagnie soit un pur plaisir, et pour que vous continuiez avec nous à prendre le temps de rêver.

   Très heureuse année,

La Responsable de collection

Raffiné

Élégant

Original

Un coffret cadeau "série limitée"

Dans une magnifique boîte cadeau, nous vous proposons une sélection de 2 romans pétillants et passionnants, spécialement réédités pour l'occasion, choisis dans les collections Rouge Passion (n°711) et Azur (n°979).
Et comme, en cette période, il est de coutume d'offrir des présents, nous avons apporté à cet original coffret une touche supplémentaire de tendresse et de bien-être en y ajoutant un flacon de gel douche "Les ondées parfumées" d' Yves Rocher.

Difficile de résister...

**Pour faire plaisir ou se faire plaisir,
le coffret cadeau Harlequin.**

HARLEQUIN *"Prenez le temps de rêver !"*

Romance hivernale

JENNIFER GREENE

Romance hivernale

COLLECTION ROUGE PASSION

Si vous achetez ce livre privé de tout ou partie
de sa couverture, nous vous signalons qu'il est
en vente irrégulière. Il est considéré comme
« invendu » et l'éditeur comme l'auteur n'ont
reçu aucun paiement pour ce livre « détérioré ».

*Cet ouvrage a été publié en langue anglaise
sous le titre :*
HER HOLIDAY SECRET

Traduction française de
MARIE BLANC

HARLEQUIN ®
est une marque déposée du Groupe Harlequin
et Rouge Passion ® est une marque déposée d'Harlequin S.A.

Originally published by SILHOUETTE BOOKS,
division of Harlequin Enterprises Ltd.
Toronto, Canada

*Toute représentation ou reproduction, par quelque procédé que ce soit, constitue-
rait une contrefaçon sanctionnée par les articles 425 et suivants du Code pénal.*
© 1998, Jennifer Greene. © 2000, Traduction française Harlequin S.A.
83-85, boulevard Vincent-Auriol, 75013 Paris — Tél · 01 42 16 63 63
ISBN 2-280-11726-6 — ISSN 0993-443X

1.

Blanc. Tout était effroyablement blanc. La lumière. Les murs. Les draps. Et même cette intolérable douleur, qui lui enserrait la tête comme un étau.

Son dernier souvenir consistait en une explosion de couleurs vives.

De vagues — oh! de *très* vagues — images de ce qui avait précédé lui traversèrent l'esprit. Elle était à peu près sûre d'avoir conduit. Seule. De nuit. Sous la neige. Il y avait eu un crissement de métal, un choc assourdissant, ce feu d'artifice multicolore... Puis plus rien.

Vraiment plus rien.

Et voilà qu'elle se retrouvait dans un lit d'hôpital, le corps meurtri et le cerveau embrumé. Au point de ne même plus savoir son nom. Comme s'il ne restait plus dans son crâne que toute cette blancheur ouatée... et l'horrible impression qu'un événement terrible avait eu lieu. Un événement dont elle était responsable.

— Enfin réveillée? A la bonne heure! s'exclama soudain une infirmière en faisant irruption dans sa chambre. Mais attention, mon petit, surtout pas de zèle. N'essayez pas encore de bouger, je vais prendre votre tension.

Elle observa le visage rond et les boucles brunes de l'infirmière tandis que celle-ci lui examinait consciencieusement un œil, puis l'autre, à la lumière d'une petite lampe de poche. Enfin, malgré sa gorge sèche, elle parvint à murmurer :

— Il est arrivé quelque chose... Un accident, je crois...

— C'est bien ça, acquiesça l'infirmière sans cesser de s'affairer autour d'elle, la palpant et la scrutant partout.

— Mon Dieu ! C'était ma faute, n'est-ce pas... Y a-t-il des blessés ?

— A part vous ? Je l'ignore. Mais quand ma collègue vous a montée des urgences, j'ai cru comprendre qu'un chauffard vous avait foncé droit dessus. Vous n'aviez pas l'air d'y être pour grand-chose. Vous vous sentez l'esprit confus ?

— Je ne me souviens de rien du tout.

— Bah ! Après le genre de choc que vous venez de subir, il y a une telle accumulation d'adrénaline dans l'organisme que le cerveau semble souvent se mettre un peu en veilleuse, comme s'il voulait se reposer. Mais ne vous inquiétez pas : vous n'avez ni fractures ni lésions internes. Evidemment, avec vos bleus et la bosse que vous avez au front, inutile d'espérer remporter un concours de beauté dans les deux ou trois prochains jours, mais vous serez sur pied en un rien de temps ! Le Dr Howard ne va plus tarder : il attendait votre réveil. Et le shérif aussi veut vous voir. Andy Gautier, vous le connaissez ? C'est un amour. Il aimerait vous poser quelques questions au sujet de l'accident.

— Je vois mal en quoi je pourrais lui être utile,

puisque je ne me rappelle rien..., maugréa-t-elle d'une voix qui s'affermissait peu à peu. Je me fais l'effet d'être un ordinateur dont on aurait effacé toutes les données !

— Allons, ne vous énervez pas, mon petit. Si cela vous tracasse à ce point, essayons de tout reprendre de zéro. Voyons, quel est votre nom ?

Par bonheur, la réponse fusa.

— Maggie. Maggie Fletcher.

— Bravo. D'après votre permis de conduire, vous avez vingt-neuf ans. Cheveux châtain doré, yeux verts, cinquante kilos. C'est bien ça ?

Maggie voulut hocher la tête, mais s'immobilisa aussitôt. A cet endroit-là, le moindre mouvement demeurait très douloureux.

— J'ai un peu triché pour le poids, je crois, répliqua-t-elle enfin avec une grimace.

— Vous ne seriez pas la première ! gloussa l'infirmière. Et votre adresse ? Vous vous en souvenez ?

— 302 River Creek Road.

— Excellent ! Plus difficile, maintenant. Quelle est la date d'aujourd'hui, et savez-vous où nous sommes ?

— On est le dernier vendredi de novembre — le vendredi soir d'après Thanksgiving. Et je n'étais encore jamais venue ici, mais il doit s'agir de l'hôpital de White Branch.

Toute trace d'inquiétude avait disparu du visage de l'infirmière et, logiquement, Maggie aurait dû partager son soulagement. Les moindres détails de son existence resurgissaient à toute allure, comme si un brouillard s'était soudain dissipé. Elle revoyait son chalet, ses activités professionnelles... Et elle se souvenait même de ce qu'elle avait mangé la veille au soir chez sa sœur! Oui, grâce au ciel, ses neurones étaient de nouveau en état de marche...

A une exception près, cependant. Elle n'arrivait toujours pas à se remémorer ce qui s'était produit après ce traditionnel dîner de Thanksgiving en famille.

Et un étrange sentiment de culpabilité continuait à la tourmenter...

— Vous voyez? reprit l'infirmière d'un ton guilleret. Je vous l'avais bien dit. Votre mémoire commence déjà à revenir.

— Mais j'ai encore des blancs! Je n'ai aucune idée de ce que j'ai bien pu faire depuis hier soir! Vous ne m'avez pas menti, au moins, pour l'accident? Personne n'a été blessé par ma faute?

— Je n'étais pas sur place, mon petit. Je ne peux rien vous garantir. Mais je vous propose un marché : reposez-vous encore un peu sans bouger, le temps que votre perfusion de glucose soit terminée. Je vais chercher le médecin et, s'il n'y voit pas d'objection, je laisserai ensuite Andy entrer cinq minutes. Comme ça, vous pourrez lui poser toutes les questions que vous voudrez au sujet de l'accident. D'accord?

Jugeant, à l'évidence, que qui ne dit mot consent, l'accorte infirmière s'éclipsa, puis revint bientôt avec le Dr Howard. Tous deux faisaient vraiment la paire! songea Maggie tandis que ce dernier l'auscultait. Même manie d'appuyer là où ça fait mal, et même litanie : « Tout va bien, pas de quoi s'inquiéter, les petites amnésies temporaires sont fréquentes après un accident traumatique... »

Quand tous deux furent enfin repartis, Maggie s'affaissa contre l'oreiller, épuisée par la sollicitude dont elle avait fait l'objet. A travers la porte, elle entendait des chariots rouler, des téléphones sonner, des voix en provenance du hall d'entrée...

Son unique séjour dans un hôpital remontait à son enfance. Il n'avait duré que quelques heures, le temps qu'on lui enlève les amygdales ; mais elle avait détesté l'expérience de bout en bout, et elle trouvait l'endroit encore plus désagréable qu'à l'époque. Le lit était trop dur, la pièce odieusement impersonnelle...

Oui, cette plaisanterie avait assez duré. Il était grand temps qu'elle regagne ses pénates. Une fois chez elle, dans son propre lit, elle se sentirait mieux. Elle pourrait se reposer pour de bon. Réfléchir...

Il devait bien y avoir une raison à sa mauvaise conscience. Si seulement elle pouvait se souvenir...

Absorbée dans ses pensées, elle esquissa un geste pour se lever. Funeste erreur ! Irradiant de chacun de ses membres jusqu'à son plexus, une vive douleur lui coupa le souffle. Ebranlée, elle ferma les yeux, pour les rouvrir presque aussitôt en entendant une voix masculine.

— Mademoiselle Fletcher ? Maggie Fletcher ?

Et flûte ! Elle avait complètement oublié le shérif... Oubli qui ne risquait d'ailleurs pas de se reproduire, décida-t-elle après un bref coup d'œil à la haute silhouette qui se profilait dans l'embrasure de la porte.

Quelle déveine ! En d'autres circonstances, elle eût été ravie de rencontrer un homme aussi séduisant ! Mais ce soir, elle ne se sentait vraiment pas d'humeur.

Quoique...

Mi-troublée, mi-amusée, elle regarda son visiteur s'approcher. Même une femme dans le coma le plus profond se serait sans doute réveillée à l'approche de cet incroyable concentré de virilité !

— Maggie, je suis le shérif Gautier, déclara-t-il en lui tendant une main ferme. Andy Gautier. Après un accident, j'ai toujours un tas de formulaires à remplir et, comme je déteste ça, j'essaie chaque fois de m'en débarrasser au plus vite. Les avis médicaux semblent partagés quant à l'opportunité de ma présence ici, mais on m'a autorisé à vous voir à condition de ne pas trop vous fatiguer. Et puis Gert, votre infirmière, pense que cela vous rassurerait peut-être que je vous fournisse quelques précisions sur l'accident ?

— Euh... oui. Si cela ne vous ennuie pas.

— O.K. Dans ce cas, allons-y.

Il s'installa alors commodément sur une chaise, tira un calepin de sa poche et déplia d'interminables jambes devant lui.

Il était vraiment craquant, songea Maggie en l'observant du coin de l'œil. Un peu genre Mel Gibson, mais avec des yeux très bruns et un regard plus tendre... Il avait dû sortir de chez lui en catastrophe car, au lieu de son uniforme, il portait un jean et un sweat-shirt si délavés qu'il avait dû naître avec. Une canadienne soulignait en outre avantageusement ses épaules pour le moins athlétiques et, à voir ses cheveux d'un noir de jais, ses pommettes hautes et son teint mat, on aurait juré qu'il avait du sang indien dans les veines...

Bref, le shérif Gautier était bien fait pour mettre n'importe quelle femme en émoi ! Et, pour un serviteur de la loi, il ne la dévisageait pas d'une manière très licite... Voilà fort longtemps que des yeux masculins ne lui avaient pas témoigné un intérêt aussi ostensible !

Maggie réprima un soupir. Cet accident lui avait décidément dérangé l'esprit. Voilà qu'elle s'imaginait des choses, à présent. Ce séduisant shérif devait avoir d'autres chats à fouetter que sa petite personne... Du reste, elle-même ne manquait pas, pour l'heure, de sujets de préoccupation autrement graves.

Elle ne put néanmoins retenir une exclamation navrée.

— Seigneur! Je dois avoir l'air d'un épouvantail!

Elle crut surprendre une lueur amusée dans le regard du shérif, mais celui-ci conserva néanmoins un flegme imperturbable.

— J'aperçois bien quelques bleus par-ci, par-là, répliqua-t-il d'une voix traînante, mais franchement, rien de dramatique... Ah! zut, j'ai encore perdu mon stylo. C'est dingue, j'ai beau en acheter des dizaines, j'en perds deux fois autant. Attendez-moi sagement, je vais en piquer un à Gert. Elle a l'habitude.

Il disparut alors quelques instants, puis revint s'asseoir auprès d'elle.

— Bon, reprit-il avec calme. Tout d'abord, qui dois-je prévenir? On a pu vous identifier grâce aux documents que contenait votre portefeuille, mais ils ne mentionnent aucun membre de votre famille, et je n'ai pas trouvé d'autres Fletcher dans l'annuaire.

— J'ai une sœur en ville : Joanna Marks. Marks est son nom de femme mariée. Enfin, elle est veuve à présent... mais surtout, ne l'appelez pas! enchaîna précipitamment Maggie, chez qui la simple évocation du nom de sa sœur avait fait surgir une foule d'émotions complexes. Si jamais elle entend un policier au téléphone, elle va paniquer... Je la préviendrai moi-même. Et, de toute façon, je vais très bien.

— C'est ce que dit le toubib. Mais il dit aussi qu'il ne vous lâchera pas, au mieux, avant demain. Or vous aurez besoin de quelqu'un pour vous reconduire chez vous, et vous apporter des vêtements de rechange. Et puis, votre sœur ne préférerait-elle pas savoir qu'il vous est arrivé quelque chose ?

— Possible. Mais je ne veux pas l'inquiéter, un point c'est tout, trancha Maggie, peu désireuse de se lancer dans de longues explications.

Oui, pour l'heure, Joanna demeurait trop fragile. Mais en quoi cela regardait-il la police ?

— Dans ce cas, reprit le shérif, souhaitez-vous que je prévienne quelqu'un d'autre ? Votre mari ? Un petit ami, peut-être... ?

Maggie crut percevoir une nouvelle lueur dans son regard. Comme si cette question n'était pas strictement administrative. Troublée malgré elle, elle répliqua :

— J'ai des amis, bien sûr. Mais à quoi servirait de les réveiller en pleine nuit ? D'ailleurs, dans l'immédiat, la seule chose qui m'inquiète, c'est de n'avoir aucun souvenir de l'accident. J'ai l'affreuse sensation que tout était ma faute, et j'ai peur que l'infirmière m'ait caché la vérité pour ne pas m'affoler... Seigneur ! Si un enfant était impliqué, je ne me le pardonnerai jamais !

— Hé là ! Tout doux ! s'exclama le shérif d'un air surpris. Un conducteur ivre a dévié de sa trajectoire. Il s'est retrouvé face à vous. Il n'y a pas d'autres victimes, et je vois mal comment vous auriez pu éviter son véhicule.

— Vous en êtes sûr ?

— Sûr et certain. La collision a eu lieu en plein centre-ville, et il y avait quatre témoins. Les quatre m'ont raconté la même chose, et tous les indices — les traces de pneus, l'état des carrosseries — confirment

14

leurs dires. Ma présence ici n'est qu'une simple forma-
lité. Il ne subsiste pas le moindre doute quant à la
manière dont cet accident s'est produit.

Maggie le dévisagea attentivement. N'essayait-il
pas, lui aussi, de l'apaiser à tout prix ? Quitte à dégui-
ser la vérité ?

Non, songea-t-elle en constatant que son regard ne
déviait pas d'un pouce. Cet homme-là n'était pas du
genre à se défiler... S'il disait qu'elle n'avait pas pro-
voqué l'accident, elle pouvait le croire. Mais alors,
d'où provenait son fichu sentiment de culpabilité ?

— Et l'autre conducteur ? insista-t-elle. Celui qui
m'a percutée. Comment va-t-il ?

— Il ira moins bien quand il se retrouvera devant le
juge Farley, je vous le garantis ! Mais pour ce qui est
de sa forme physique, il s'en est plutôt mieux sorti que
vous... Quant à votre voiture, je crains malheureusement qu'elle soit bonne pour la casse. Tout l'avant est
en accordéon. Au début, j'ai même cru qu'on ne vous
tirerait jamais de là vivante.

— Je me moque de cette voiture... Enfin, pas
complètement, mais elle était assurée, et qu'est-ce
qu'un tas de ferraille à côté d'une vie humaine ? Vous
me certifiez que personne d'autre n'a été blessé ?

— Je vous le jure ! C'est fou ce que vous avez du
mal à me croire. On ne vous a jamais appris à faire
confiance aux représentants de la loi ?

Maggie ne put réprimer un sourire.

— Vous croyez vraiment que je devrais me fier à
un type que je ne connais ni d'Eve ni d'Adam ?

— Bien sûr que non. Mais à moi, oui. Je suis la
franchise incarnée. Parole de scout !

Il avait raison, se dit Maggie. Elle était décidément

15

trop méfiante. Un shérif n'est-il pas, *a priori*, digne de confiance ? Et puis, tout en lui respirait l'honnêteté...

Oui. Mais pour être shérif, il n'en était pas moins homme. Et un homme capable de lui faire oublier, d'un simple regard, ses douleurs et ses contusions était à l'évidence dangereux ! Intéressant, peut-être. Fascinant, sans doute. Mais néanmoins dangereux... Seigneur ! Il y avait des lustres qu'elle n'avait ainsi senti battre son cœur !

— Ecoutez, shérif..., commença-t-elle prudemment. Ce n'est pas que j'en sois à mon premier démêlé avec les forces de l'ordre...

— Andy suffira, coupa-t-il.

Il l'observait avec humour, apparemment peu perturbé par l'éventualité de ses démêlés antérieurs avec la justice, et Maggie maudit le ridicule tremblement de ses mains. Elle n'avait pourtant pas coutume de s'émouvoir pour si peu !

— Ce que je voulais dire... Andy, reprit-elle, s'efforçant de maîtriser son trouble, c'est que, à part la fois où j'ai embouti un pare-chocs à l'âge de seize ans, je n'avais encore jamais eu d'accident. Et ça me rend dingue de ne pas me souvenir des circonstances ! Mais... dès que je retrouverai mon cadre de vie habituel, je suis sûre que tout me reviendra et...

Il avait dû sentir où elle voulait en venir, car il secoua la tête sans lui laisser le temps d'achever sa phrase.

— Mademoiselle Fletcher, enchaîna-t-il, d'après ce que j'ai ouï dire, il est exclu que le personnel médical vous laisse sortir d'ici avant demain matin.

— J'entends bien. Mais je pensais que vous pourriez peut-être user de votre influence...

16

— Oh ! Je suis tout prêt à en user, mais pour que vous restiez ici ! Gert vous surveillera mieux qu'une mère, croyez-moi. J'ai souvent affaire à elle : dans mon métier, on n'échappe pas à quelques bosses. Elle sera aux petits soins pour vous, vous verrez.

— J'ai horreur qu'on s'occupe de moi !

— Hum ! C'est ce que j'avais cru comprendre, répliqua-t-il avec une pointe d'ironie dans la voix. Cela vous ennuie à ce point de dépendre d'autrui ?

— Je suis parfaitement capable de prendre soin de moi toute seule, voilà tout !

— D'accord. Mais pas ce soir. Laissez-vous donc gâter pendant une petite nuit. Pour une fois, vous n'en mourrez pas...

— Allez savoir ! grommela-t-elle d'un ton maussade, qui ne fit toutefois qu'accentuer le sourire du shérif.

— Je n'en reviens pas qu'on ne se soit encore jamais rencontrés..., reprit-il, songeur. D'ordinaire, dans une aussi petite ville, un shérif finit vite par croiser tout le monde.

— J'ai emménagé ici il y a quelque temps déjà, mais je n'ai pas pour habitude de braquer les banques ni de faire du tapage nocturne ! Quant aux accidents de voiture... Et zut ! soupira-t-elle en portant la main à son front, qui l'élançait de nouveau. C'est tellement idiot, ce trou de mémoire de vingt-quatre heures !

— Tout vous reviendra peut-être après une bonne nuit de sommeil.

— Tout me reviendrait peut-être si j'étais chez moi !

L'infirmière choisit cet instant pour passer la tête à travers la porte.

— Andy, espèce de garnement ! s'exclama-t-elle. Je t'avais dit cinq minutes maximum !

— Je m'en vais tout de suite, promit le coupable en rangeant aussitôt son carnet. Gert, apprends que cette demoiselle essayait justement de me convaincre d'organiser son évasion d'ici, ajouta-t-il avec un clin d'œil à l'intention de Maggie.

Celle-ci en resta bouche bée d'indignation, tandis que Gert se ruait vers elle comme une mère poule inquiète.

— Pour ça, mon petit, il faudra d'abord me passer sur le corps ! Vous n'avez rien à faire dehors. On ne plaisante pas avec une commotion cérébrale...

Et pendant que la dénommée Gert lui faisait miroiter un programme de réjouissances comportant de la glace pilée, des piqûres et quantité d'autres remèdes tous plus déplaisants les uns que les autres, Maggie croisa sombrement le regard du shérif.

— Si jamais on se revoit, marmonna-t-elle, je vous jure que vous me le paierez...

— Je te la confie, Gert ! A toi de jouer, déclara-t-il néanmoins sans manifester l'ombre d'un remords.

Mais sur le seuil, il hésita, se retourna et conclut avec un hochement de tête entendu.

— On se reverra, Maggie. N'en doutez pas.

2.

Deux jours plus tard, en empruntant la route qui menait chez Maggie, Andy tenta de se convaincre que sa visite était de pure routine.

Le taux de criminalité de White Branch avait beau demeurer faible, les incidents mineurs n'y manquaient pas, et étaient toujours susceptibles de complications. Or le principal intérêt du métier de shérif n'est-il pas d'offrir la possibilité de désamorcer à temps des situations potentiellement problématiques? Andy multipliait donc les tournées de voisinage, et se tenait toujours au courant des suites du moindre accident.

Or Maggie en avait eu un sacré, d'accident...

Par conséquent, quoi de plus normal que, se trouvant par hasard dans les parages, il passe prendre de ses nouvelles?

Certes, pour être honnête, l'éclat des yeux verts de son accidentée du week-end l'avait poursuivi jusque dans son sommeil. Le contraste entre l'humeur combative de Maggie et sa frêle apparence — joint à la courbe appétissante d'un sein rebondi entrevu sous la chemise de nuit réglementaire de l'hôpital — l'avait vivement ému. Depuis son divorce, quatre ans plus tôt, aucune femme ne lui avait fait une aussi forte impression...

Mais tout cela était sans rapport avec sa visite.

Aller dire bonjour aux gens faisait simplement partie de son boulot, non ?

Après s'être garé, cependant, il se frotta le menton avec embarras. Maggie était là. Devant sa porte. Mais, à en juger par l'enthousiasme avec lequel elle enlaçait un grand type, elle semblait parfaitement remise de ses émotions !

Manque de chance, il était un peu tard pour battre en retraite : Maggie l'avait aperçu et venait de lui faire signe. Puis, plantant là son compagnon, elle s'avança vers la route.

Avec un soupir de résignation, Andy sortit de son 4x4 de fonction. Des claques, voilà ce qu'il méritait ! A trente-quatre ans bien sonnés, il aurait pourtant dû se douter qu'une jeune femme aussi ravissante ne risquait pas de tomber en panne de chevaliers servants...

— Shérif ! s'exclama-t-elle en le rejoignant. Quelle surprise ! Je ne m'attendais pas à vous revoir si vite. Auriez-vous finalement trouvé une bonne raison de m'arrêter ?

Son expression était si malicieuse qu'Andy l'aurait volontiers inculpée de trouble à la sérénité d'un gardien de la paix... Mais, bien sûr, il se serait fait découper en morceaux plutôt que de l'avouer !

A la place, il adopta un ton enjoué.

— L'autre soir, répliqua-t-il, vous ne m'avez pas donné l'impression que vous seriez en état de cambrioler une banque avant une petite semaine... Mais comme vous n'avez plus de voiture et que vous habitez loin du centre, j'ai préféré m'assurer que vous n'aviez pas besoin d'un coup de main pour faire une ou deux courses.

— C'est très gentil à vous, shérif... mais j'ai la chance de pouvoir compter sur mon neveu. Il passe me ravitailler tous les jours... Colin, viens que je te présente le shérif Gautier ! Andy, voici Colin Marks, le fils aîné de ma sœur Joanna.

Fasciné par le sourire espiègle de Maggie, Andy mit quelques secondes à enregistrer ses propos : sœur... neveu... Puis le gamin les rejoignit, la main poliment tendue, et il s'en voulut de sa méprise. Colin faisait, certes, un bon mètre quatre-vingt-dix, mais comment ses allures d'adolescent dégingandé avaient-elles pu lui échapper ? Pour le reste, ses cheveux châtain clair et ses yeux verts trahissaient une nette parenté avec Maggie.

— Ravi de faire ta connaissance, Colin, dit-il.

— Moi de même, grommela l'intéressé en se dandinant d'un air gêné. Euh, Maggie, il faut vraiment que j'y aille... Sinon, m'man va s'inquiéter.

Andy fronça les sourcils. Ce gosse semblait décidément bien pressé de partir ! Et il aurait juré que ce n'était pas par simple timidité... Ou la déformation professionnelle lui faisait-elle voir des suspects partout ?

Entre-temps, Maggie avait de nouveau embrassé son neveu, avant de le laisser filer vers une motoneige garée à proximité. L'engin vrombit, puis disparut dans un nuage de poudreuse.

— Quinze ans ? hasarda Andy.

— Tout juste. Et mon autre neveu, Roger, a un an de moins. Pour l'instant, Colin est le plus remuant des deux ! Il n'est pas toujours facile à vivre, mais il a un

21

cœur d'or. Leur père est mort l'an dernier : ça les a beaucoup secoués... Mais assez parlé de ma famille. Tenez-vous à obliger la pauvre invalide que je suis à geler dehors, ou puis-je vous préparer un café à l'intérieur ?

— Vous n'avez pas l'air si invalide que ça, fit observer Andy.

Non qu'il fût dupe de sa mine rayonnante. Maggie avait rejeté ses cheveux d'un côté pour dissimuler son principal hématome, mais on devinait encore sous les mèches de larges marbrures violacées. En outre, une bonne couche de fond de teint masquait ses cernes, et le col de sa veste était remonté pour cacher un pansement à la base de son cou. Bref, la jeune femme ne voulait clairement pas qu'on s'apitoie sur son sort... et son sourire dévastateur était bien propre à faire oublier à tout homme normalement constitué qu'elle avait été sérieusement accidentée !

— Les plus spectaculaires de mes bleus sont hors de vue, plaisanta-t-elle, surprenant son regard. Et malgré leur indéniable intérêt esthétique, je crains d'être obligée de refuser de vous les montrer... A moins que vous n'ayez un mandat de perquisition ?

— Hélas, non. Mais si vous me laissez quelques minutes de réflexion, j'essaierai de trouver matière à justifier une fouille au corps approfondie...

— Je vois ! dit-elle avec un petit rire. Et, en attendant, vous préférez votre café noir ou amélioré ?

— Noir. Mais je m'en voudrais de vous déranger, Maggie.

— Ne soyez pas ridicule. Avec ce froid, je boirais bien quelque chose de chaud, moi aussi. Entrez, et ne vous fatiguez pas à retirer vos bottes : cette maison en a vu d'autres !

22

Andy la suivit alors à l'intérieur et, l'imitant, accrocha sa veste au portemanteau. Puis il regarda Maggie s'activer devant les fourneaux.

Malgré ses efforts pour paraître gaie et en grande forme, ses mouvements lui semblaient tout de même un brin trop lents et circonspects. De temps à autre, elle pressait inconsciemment une main contre ses côtes, comme si une brusque douleur venait de se réveiller... N'empêche. Elle s'en sortait plutôt bien.

Et c'était vraiment un joli brin de femme! Elle ne portait plus qu'un col roulé, un jean et de grosses chaussettes de laine : des vêtements pratiques et confortables, mais néanmoins assez moulants pour mettre en valeur des courbes fort appétissantes...

Confus du caractère peu professionnel qu'avaient pris ses observations, Andy s'obligea ensuite à se concentrer sur le décor.

Le chalet de Maggie était minuscule. Le rez-de-chaussée comportait un coin cuisine, séparé de la partie salon par un comptoir de bois qui servait aussi de table. Des ustensiles pendaient d'un tourniquet métallique accroché au plafond, et un délicieux fumet de sauce à spaghettis maison flottait dans la pièce.

Côté salon, un bon feu crépitait dans une cheminée ménagée au centre d'un mur en pierre. Deux portes-fenêtres à double vitrage ouvraient sur une terrasse panoramique en cèdre, qui donnait sur des bois retirés et un petit ravin.

Maggie avait à l'évidence une prédilection pour le bleu. Le grand canapé et les fauteuils rustiques regroupés au milieu de la pièce étaient tous de cette couleur, à l'instar de l'épaisse moquette, véritable invite à marcher pieds nus.

La jeune femme le rejoignit enfin, une grande tasse — bleue comme de juste — dans chaque main.

— Dépêchez-vous de me dire que vous trouvez cette maison superbe ou je vais me vexer, prévint-elle.

— Elle est mieux que superbe. C'est un vrai havre de paix !

— Bravo, Gautier, répliqua Maggie avec un sourire. Vous, au moins, vous savez parler aux femmes ! Figurez-vous que je l'ai construite moi-même... Enfin ça, c'est la version officielle. En réalité, je n'aurais jamais pu m'en sortir seule pour la cheminée, les vitrages et la plomberie. Mais comme j'ai dessiné les plans et que j'ai monté les murs et le toit, j'estime mériter l'essentiel des compliments.

— Et comment ! Vous m'impressionnez, Maggie. Vraiment.

— Bof ! J'ai bien failli me casser le cou, sur le toit. Au lieu de jouer les superwomen, j'aurais été mieux inspirée de demander un coup de main... Mais venez, je vais vous faire visiter l'étage. Ce ne sera pas long : il y a juste ma chambre, un bureau et un cagibi.

Ledit cagibi combinait les fonctions de buanderie et de remise à matériel sportif. Au demeurant, à voir son équipement, Maggie devait être une skieuse et une alpiniste hors pair !

Il y avait aussi un coin atelier, avec une panoplie impressionnante d'outils. Le bureau, en revanche, respirait la féminité. Un ordinateur sophistiqué y voisinait avec une lampe à abat-jour frangé, des bougies parfumées et des bols de pot-pourri, au milieu d'un amoncellement de plantes, de bibelots et de photographies.

— Vous travaillez à domicile ? s'enquit Andy.

— Oui. Je rédige des brochures techniques et des

manuels d'instructions pour Mytron, une entreprise installée dans la banlieue de Boulder. Je me rends là-bas en moyenne une fois par mois, pour des réunions de coordination. Le reste du temps, j'ai juste besoin d'un fax et d'un modem... Et maintenant, je veux bien vous montrer ma chambre, si vous me promettez de ne pas regarder mon fouillis.

Andy ne put s'empêcher de rire.

— Le désordre, ça me connaît, vous savez !

— C'est ce qu'on dit... Mais moi, je bats les records : j'ai toujours été la honte de ma famille !

Ils empruntèrent quelques marches qui menaient à une sorte de mezzanine, où une rambarde à mi-corps surplombait la cheminée du salon.

Une pagaille innommable régnait en effet dans cet espace, et Andy se sentit au fond soulagé : impossible que Maggie ait récemment partagé son intimité avec qui que ce soit !

Du reste, la voyant faire disparaître un soutien-gorge à la hâte, il réprima un sourire. Cependant, la vue des draps entortillés dans tous les sens, comme à l'issue d'un sommeil des plus agités, ne tarda pas à lui inspirer des pensées moins réjouissantes : la pauvre Maggie avait dû passer de très mauvaises nuits depuis l'accident...

Mais puisque c'étaient ses talents d'architecte et de décoratrice d'intérieur qu'elle souhaitait lui montrer, il continua à jouer le jeu, s'extasiant sur le tapis d'Orient qui servait de descente de lit — bien qu'il eût été incapable d'en décrire le motif tant le sol était jonché de vêtements et de papiers.

La salle de bains, adjacente, était juste assez grande pour abriter une baignoire carrée et un genre de coiffeuse. Le parfum de Maggie imprégnait la pièce. Une senteur indéfinissable, douce sans être sucrée... Bref, une odeur qui n'appartenait vraiment qu'à elle !

— Depuis combien de temps habitez-vous cette maison ? demanda-t-il enfin.

— Presque quatre ans. Je suis née à deux cents kilomètres d'ici, à Colorado Springs, et j'ai trouvé mon job à Boulder dès la fin de mes études, mais je préfère vivre à la campagne. Or ma sœur était installée ici, et quand nous avons appris que son mari était atteint d'un cancer incurable... Enfin, c'était ma famille, et ils avaient besoin de moi. Il m'a fallu un moment pour convaincre mon patron que je pouvais tout faire par télétravail, mais du jour où j'ai senti que c'était gagné, j'ai cherché un terrain à bâtir. J'adore cette région.

— Moi aussi. Bien que j'y aie toujours vécu... Je suis très attaché à nos montagnes : j'aurais l'impression d'étouffer dans une grande ville.

Comme ils redescendaient dans le salon, une ombre furtive attira le regard exercé d'Andy.

— Tiens donc ! reprit-il. On dirait qu'il y a un cerf sur votre terrasse.

— Oh ! Horace ? Il a coutume de venir mendier de la nourriture à cette heure, et il en profite toujours pour m'épier à travers les fenêtres. L'automne dernier, il était amoureux, il m'a fait un raffut pas possible. Il a fini par me présenter sa copine — que j'ai baptisée Martha — mais je ne l'ai pas revue depuis. Leur histoire d'amour a dû tourner au vinaigre et, du coup, il s'est remis à jouer les voyeurs chez moi.

— Je doute qu'on puisse poursuivre un cerf pour attentat à la pudeur...

26

— Bah! De toute manière, ce serait peine perdue : Horace me paraît rigoureusement incorrigible. Non, le seul voisinage qui me crée de réels problèmes, c'est celui de Cléopâtre, une femelle raton laveur. Elle me vole tout ce que j'ai le malheur d'oublier de mettre sous clé... Vous voulez encore un peu de café?

— Non merci, Maggie. Je vais vous laisser vous reposer. Mais c'est bien la première fois que j'entends appeler un raton laveur Cléopâtre!

— Ça lui va comme un gant, vous savez. Pas un de ses congénères ne lui résiste : elle me fait des bébés tous les printemps. Ses yeux lui donnent un petit côté femme fatale...

Andy éclata de rire à cette idée. Puis, regagnant l'entrée, il recouvra tout son sérieux.

— Maggie, vous me paraissez bien isolée sur cette portion de route, dit-il en récupérant sa veste. Vous êtes sûre de n'avoir besoin de rien?

— Certaine, Andy.

— Et pour vos déplacements?

Contre toute attente, cette idée sembla la déprimer.

— Evidemment, répliqua-t-elle avec un énorme soupir, il faudra tôt ou tard que j'aille racheter une voiture... Et, pour ne rien vous cacher, ça ne me réjouit vraiment pas! Mais dans l'immédiat, ça va. Colin vient de m'apporter des produits frais et, de toute façon, mon congélateur est toujours plein dès la mi-novembre, en prévision des grandes tempêtes de neige. De plus, ma sœur peut me prêter une voiture si nécessaire... Non, je vous assure, vous n'avez aucun souci à vous faire pour moi.

— Et si je vous accompagnais chez quelques

concessionnaires ? hasarda-t-il. Cela vous faciliterait-il la tâche ?

— Franchement, Andy, je ne demanderais pas ça à mon pire ennemi, répondit-elle en le dévisageant avec embarras. Mais si vous me le proposez vraiment...

— Bien sûr que je vous le propose vraiment. Vous avez le feu vert de la faculté, pour sortir ?

— Le Dr Howard m'a conseillé de rester couchée un jour ou deux, mais là, je me suis reposée pour le restant de mes jours !

— Assez pour combler vos trous de mémoire ?

— Non, avoua-t-elle, s'assombrissant encore un peu. A croire que les vingt-quatre heures précédant l'accident n'ont jamais existé pour moi.

— Ne vous découragez pas. Tout ça est encore très récent.

— Je sais. Tout le monde à l'hôpital m'a seriné qu'il s'agit d'un phénomène très banal. Simplement... si vous me connaissiez mieux, Andy, vous sauriez que je ne m'évanouis pas à la moindre contrariété. Je suis secouriste, tout de même ! Et j'ai traversé les Appalaches à pied toute seule avant d'avoir dix-huit ans ! Or, comme je n'étais pour rien dans ce stupide accident, je ne vois pas pourquoi j'aurais refoulé mes souvenirs... à moins qu'un autre événement grave ne se soit produit.

— Un autre événement grave ? Et quel genre d'événement ? Vous n'imaginez tout de même pas avoir dévalisé une épicerie trois heures auparavant ?

— Qui sait ?

— C'est ça. Et peut-être que les poules ont des dents. Maggie, je n'ai certes pas encore la chance de bien vous connaître, mais croyez-en mon expérience, vous n'avez rien d'une criminelle. A première vue, je vous jurerais même incapable du moindre des sept péchés capitaux !

— Vous me surestimez, shérif : je me suis déjà laissée aller à des excès de vitesse.

— Et alors ? Vous voudriez que je vous passe les menottes pour ça ?

— Cessez de plaisanter, vous allez me remonter le moral !

— Telle était bien mon intention. En tout cas, Maggie, si un malheureux excès de vitesse suffit à vous mortifier, vous pouvez dormir sur vos deux oreilles : vous n'avez sûrement pas cambriolé de banque ce jour-là.

— C'est bon, concéda-t-elle. Je n'y crois guère moi-même. Mais alors, pourquoi est-ce que je me réveille en sursaut la nuit ? Je ne me souviens même pas de mes cauchemars. J'ai juste le cœur qui bat à se rompre, les mains moites... Et ce terrible sentiment de culpabilité, comme si j'avais commis un acte réellement monstrueux !

Son regard trahissait une telle détresse que, ne sachant plus quoi ajouter pour la réconforter, Andy lui caressa gentiment la joue. L'idée que Maggie ait pu commettre le moindre méfait lui paraissait tellement absurde...

Cet élan de sympathie était d'ailleurs dénué d'arrière-pensées. Certes, Andy mourait d'envie de connaître plus intimement une jeune femme aussi ravissante et pleine d'humour, mais il n'avait jamais été homme à céder impulsivement à ses désirs. De plus, ses déconvenues conjugales l'avaient rendu méfiant... Bref, faire la moindre avance à Maggie lui aurait semblé pour le moins prématuré. Sans parler de songer à l'embrasser !

Et pourtant, dès qu'il effleura son visage, elle releva la tête et lui lança un regard si direct qu'il en eut un coup au cœur. Captivé par ses yeux lumineux, il laissa ses doigts s'attarder sur sa joue. Maggie le dévisageait avec une vigilance inquiète mais, lorsque, comme hypnotisé, il se pencha très lentement vers elle, elle ne bougea pas d'un millimètre.

Et quand enfin il atteignit ses lèvres, il les trouva entrouvertes, et d'une incroyable douceur.

Dès leur première entrevue, Maggie avait tenu à lui signifier qu'elle se débrouillait fort bien toute seule, et il l'avait crue sur parole. C'était sans doute même une des raisons pour lesquelles il s'était si vite entiché d'elle ! Mais ce n'était pas du tout dans cet état d'esprit-là qu'elle embrassait... Oh ! non ! Jamais il ne l'aurait imaginée si docile, si timidement frémissante...

Dérouté, il renonça bientôt à s'appuyer sur ses expériences passées. Ce baiser ne ressemblait à aucun autre, et Maggie ne ressemblait décidément à personne... Découvrir des tournesols en plein blizzard ne l'aurait pas davantage émerveillé !

Il avait l'impression de vivre un instant magique.

Surnaturel.

Inconcevablement hors du temps.

Il laissa errer un moment ses lèvres sur les siennes, en une sorte d'interrogation muette à laquelle elle parut répondre sur le même mode.

Puis, d'une main tremblante, elle saisit le revers de sa veste et ce baiser doux comme un murmure se prolongea, comme si le parfum de Maggie, la douce tiédeur de son corps les enveloppaient tous deux dans un cercle magique. Leurs bouches s'épousaient avec un naturel parfait, comme si, sans même qu'il le sache, Maggie lui avait toujours manqué et lui était enfin rendue...

Incrédule, il s'attendait d'une seconde à l'autre que la réalité reprenne ses droits.

Que cet absurde sentiment de communion et de complétude disparaisse.

Mais non.

Rien ne changeait.

Et Maggie répondait toujours à son étreinte avec la même irrésistible et troublante honnêteté, comme si elle aussi avait soudain perdu le sens commun.

Finalement, il se redressa. Finalement, Maggie rouvrit les yeux. Puis ils se dévisagèrent, d'un air si troublé qu'Andy finit par en sourire.

— Je ne m'attendais vraiment pas à ça en venant ici..., murmura-t-il.

— Je sais, Andy.

— Quand quelque chose d'aussi fort vous tombe dessus sans crier gare, mieux vaut garder la tête froide et faire preuve d'un minimum de prudence, non? Qui sait, ce pourrait être dangereux...

— Je suis bien d'accord.

— Dans ce cas, Maggie... A très bientôt, conclut-il, radieux. Tu peux compter sur moi!

3.

Maggie rangea les assiettes du dîner dans le lave-vaisselle, puis passa un rapide coup d'éponge sur le comptoir de la cuisine.

Toutefois, son regard revenait sans cesse à la fenêtre. Après deux jours de neige, quelques flocons tourbillonnaient encore, mais la route était dégagée et vide. Seule la voiture de sa sœur se trouvait garée là.

Andy ne viendrait pas avant une bonne heure. Il ne rimait donc à rien qu'elle commence déjà à guetter son arrivée...

Mi-amusée, mi-exaspérée par sa nervosité, elle s'essuya les mains sur un torchon. Les hommes ne lui avaient pourtant jamais fait perdre ses moyens!

Ni les hommes ni rien d'autre... hormis, hélas, ces incompréhensibles cauchemars qui l'assaillaient depuis l'accident.

Mais ce problème-là n'avait rien à voir avec Andy.

Bizarrement, il était le premier inconnu auquel elle eût jamais fait visiter son chalet.

Sans parler de sa chambre, pas même rangée!

Enfin, sur le moment, bien sûr, elle ne se doutait guère qu'il allait l'embrasser. Et encore moins de l'effet foudroyant que ce baiser aurait sur elle...

Bah ! De toute manière, à quoi bon chercher à plaire à Andy en trichant sur sa vraie personnalité ? Ses déceptions amoureuses lui avaient au moins appris cela : la majorité des hommes ont beau jurer leurs grands dieux qu'ils préfèrent les femmes autonomes, il y a loin de la parole aux actes ! En réalité, tous ceux qu'elle avait croisés jusque-là se sentaient fort dépourvus dès qu'ils n'avaient plus affaire à de petites poupées soumises.

Or Maggie avait trop longtemps dû compter sur ses seules forces pour faire machine arrière... Non : plus question qu'elle s'engage sentimentalement avec un homme pour le voir ensuite prendre peur en découvrant son indépendance, son côté désordonné ou Dieu sait quoi d'autre !

Andy, lui, n'avait pas semblé effrayé.

Ni d'elle ni pour elle.

En fait, il était bien le premier à lui épargner les commentaires machos de rigueur sur sa vulnérabilité de pauvre petite femme sans défense dans une maison isolée ! Curieusement, les autres hommes semblaient toujours s'inquiéter pour sa sécurité.

Comme si un homme pouvait vous préserver de tout !

Pour sa part, elle se savait très capable de se débrouiller seule avec une chaudière en panne en plein hiver, ou même avec un élan blessé échoué dans son jardin...

Oui, le danger est une chose bien relative. La preuve : elle ne s'était jamais sentie aussi peu en sécurité que sous le regard chaleureux et attentif d'Andy ! Et, pour être franche, c'était diablement excitant...

La voix de Joanna retentit soudain, émergeant de la salle de bains.

— Maggie, pour l'amour du ciel ! Tu ne pouvais pas m'attendre ? Je t'avais dit que je t'aiderais à débarrasser !

— Allons, deux malheureuses assiettes, il n'y avait pas de quoi mobiliser tout un régiment.

— Mais tu t'es déjà chargée du repas... Et je voulais vraiment t'aider.

— Dans ce cas, tu m'aideras la prochaine fois, répliqua Maggie sans conviction.

De fait, sa sœur et elle avaient passé leur adolescence à se chamailler sur ce genre de choses. Joanna était très douée pour proposer ses services, mais s'arrangeait toujours pour disparaître au moment opportun...

Enfin, la pauvre avait des excuses, à présent.

— J'ai préparé de la tisane, reprit Maggie. Framboise-menthe. Ça te tente ?

— Juste une petite tasse, alors. Je m'en voudrais de te retarder. A quelle heure le shérif passe-t-il te chercher ?

— Pas avant 20 heures. Les magasins font une nocturne. Et je t'ai déjà dit qu'il n'y a pas de quoi en faire un plat : il m'a juste proposé son aide pour choisir une voiture.

Tout en servant la tisane, Maggie observa sa sœur à la dérobée, et sentit une fois de plus sa gorge se serrer : elle se sentait si désarmée pour l'aider à surmonter le chagrin qui l'avait submergée à la mort de Steve, son mari adoré...

Joanna était de cinq ans son aînée et, pour Maggie, elle avait toujours été la véritable beauté de la famille.

A présent, cependant, ses ravissants cheveux blonds pendouillaient tristement, ses traits fins et délicats demeuraient constamment tirés et une éternelle mélancolie assombrissait ses magnifiques yeux en amande...

Maggie avait toujours été la plus forte d'elles deux. Alors, en apprenant la maladie de son beau-frère, c'est tout naturellement qu'elle était venue en renfort. Elle avait pris l'habitude d'inviter sa sœur à dîner une fois par semaine, de s'occuper le plus souvent possible de ses neveux, de passer chez eux à la moindre occasion...

Le décès de Steve remontait à un an déjà. Or Joanna semblait encore plus désemparée qu'aux premiers jours de son deuil. Elle dormait mal, mangeait mal, se négligeait à tous points de vue, passait ses jours et ses nuits à s'angoisser pour ses deux fils... et se reposait de plus en plus sur sa cadette pour les menus tracas de la vie quotidienne !

Certes, Maggie pouvait toujours changer les joints de robinets de Joanna, remplir ses déclarations d'impôts, colmater en douce ses découverts bancaires... Mais elle ne savait plus où donner de la tête pour que sa sœur aille mieux. Malgré leurs disputes de gamines, elles avaient aussi partagé de sacrés fous rires. A présent, arracher un pâle sourire à Joanna relevait désormais de l'exploit.

— Hé ! T'ai-je dit combien Colin me bichonne depuis mon accident ? plaisanta Maggie. Il a pelleté toute la neige devant chez moi sans que je le lui demande, et il a même pris l'initiative de ranger le bois dans la remise... Ça en devient louche !

— Il a toujours eu une sorte de vénération pour toi, soupira Joanna. Roger aussi, d'ailleurs. Je ne sais pas comment tu t'y prends avec eux. Moi, je n'arrive même plus à en tirer trois mots d'affilée... Note bien que, ces temps-ci, je ne suis plus bonne à grand-chose, conclut-elle, si tremblante d'émotion qu'elle en renversa une partie de sa tisane.

— Ne dis pas ça, Joanna! Tu t'en sors très bien, protesta Maggie en s'empressant d'éponger le liquide. Tu crois qu'on parlait beaucoup à papa et à maman à leur âge? Ils sont juste en train de traverser cette période où l'on a du mal à communiquer avec ses parents... Tu devrais en profiter pour te détendre et sortir un peu.

— Maggie, je n'ai pas la moindre envie de fréquenter d'autres hommes.

— Soit. Mais tu pourrais au moins faire un peu de ski ou aller danser de temps en temps, pour te changer les idées. Toi qui adores jouer aux cartes, pourquoi ne t'inscris-tu pas à un club? Tu n'as plus aucune vie sociale.

— Je sais... Je n'ai jamais été une fonceuse comme toi, Maggie. Je suis bien trop trouillarde pour ça. D'ailleurs, à ce propos, que sais-tu du type avec qui tu sors ce soir?

— Andy? Pas grand-chose. Puisqu'il est shérif, je dois pouvoir me considérer raisonnablement en sécurité avec lui. Et puis, est-il indispensable de tout savoir sur un homme pour aller chez un concessionnaire automobile avec lui?

— N'empêche, tu aurais pu t'adresser à moi : je t'aurais accompagnée, ou je t'aurais prêté mon tacot. Tu fais tant de choses pour moi, et tu ne me laisses jamais te payer de retour...

— Enfin, Joanna! Tu es aussi nulle que moi en mécanique!

— C'est vrai, concéda Joanna. En fait, ce serait beaucoup plus amusant d'aller regarder ensemble les boutiques de vêtements. Nous sommes déjà le 1er décembre, et je n'ai pas encore commencé mes achats de Noël.

— Moi non plus. Et si on se bloquait jeudi matin pour faire le tour des magasins ?

Il fallut encore un moment à Maggie pour achever de remonter le moral de sa sœur. Et quand Joanna s'apprêta enfin à sortir, des phares de voiture approchaient.

Flûte ! pensa Maggie, Andy arrivait, et elle n'avait même plus le temps de se donner un coup de peigne ! Sans parler de se changer...

Résignée, elle attendit sur le perron dans son vieux jean et son pull bleu marine.

Andy s'était garé près de la voiture de sa sœur. Il prit le temps de saluer Joanna, puis d'échanger quelques mots avec elle et, avant de partir, celle-ci se retourna vers Maggie pour lui jeter un regard oblique. Regard qui, depuis leur enfance, signifiait invariablement que sa chère petite frangine avait omis de lui fournir une information capitale... comme le fait que son accompagnateur pour cette soirée prétendument sans histoire était l'homme le plus séduisant du canton !

Car c'était bel et bien le cas, songea Maggie en le voyant s'avancer d'un pas nonchalant.

La voiture de Joanna disparut au loin et, soudain, il n'y eut plus qu'Andy au monde.

Non que ses problèmes familiaux se fussent miraculeusement évanouis, mais, avec sa canadienne négligemment ouverte sur un pull noir et son sourire en coin, Andy était tout simplement trop craquant pour qu'elle arrive à penser à autre chose.

Elle aurait voulu l'avaler tout cru !

— Eh bien, mademoiselle Fletcher ? s'enquit-il en l'examinant des pieds à la tête, avec dans le regard une petite lueur d'approbation qui n'était sûrement pas due au raffinement de sa tenue. Avez-vous réussi à vous souvenir du moindre élément susceptible de justifier votre arrestation ?

Lueur ou pas, Maggie fut bien obligée d'en rire.

— Je n'ai rien volé depuis l'accident, répliqua-t-elle, c'est tout ce que je peux te garantir...

— Excellent ! Vu l'enthousiasme que tu avais manifesté à l'idée d'aller choisir une voiture, je craignais que ton amnésie se soit subitement étendue à ce soir.

— Je n'ai guère le choix, Andy : je ne peux pas vivre ici sans moyen de transport. Mais je reconnais avoir envisagé de me décommander. Je ne vois rien de pire à t'infliger que cette expédition.

— La proposition venait de moi, non ? D'ailleurs, de mon point de vue, ça vaut bien l'épreuve du dentifrice.

— L'épreuve du dentifrice ? répéta Maggie en attrapant sa parka et son sac sur le portemanteau de l'entrée.

— Oui. Quoi de plus atroce que de devenir éperdument amoureux d'une femme pour découvrir ensuite qu'elle ne presse jamais ses tubes de dentifrice par le bas ? Je veux dire, la plus torride des histoires d'amour ne peut que dégénérer, après ça.

— Admettons... Mais quel rapport avec l'achat d'une voiture ?

— Eh bien, lors de ces sempiternels premiers rendez-vous au restaurant, qu'apprend-on réellement sur l'autre ? Rien du tout. Chacun se met sur son trente et un, s'efforce de se montrer sous son jour le meilleur...

— Certes ! convint Maggie en riant.

— Mais faire le tour des concessionnaires automobiles avec une femme, voilà qui permet de cerner d'emblée sa vraie personnalité ! Est-elle du genre à regarder sous le capot, ou à se soucier uniquement de l'aspect extérieur ? Prend-elle en compte la sécurité du véhicule, son confort ? A partir de combien de chevaux va-t-elle s'intéresser à une voiture ou, au contraire, s'en désintéresser ? Préfère-t-elle les accélérations en douceur... les reprises rapides ?

— Bel effort, Gautier ! s'exclama Maggie. Pendant trente secondes, j'ai vraiment cru que tu parlais de voitures !

— Et de quoi d'autre ? dit-il, l'air innocent.

— Pour ta gouverne, reprit-elle en fermant la porte de sa maison, sache que je ne regarde sous le capot de personne lors d'un premier rendez-vous. Quant au reste... ta théorie me paraît judicieuse. Et je préfère encore ça à un dîner aux chandelles ! Si jamais tu survis à cette petite séance de shopping, il n'y aura sans doute plus de limites aux perspectives exaltantes qui s'ouvriront devant nous. En tout cas, tu auras au minimum gagné le rang de héros et de saint, plus une ou deux médailles...

— Et un verre quand ce sera fini ?

— Ça aussi.

— Dans ce cas, Cendrillon, dépêchons-nous de te trouver un carrosse !

**

Une fois qu'ils eurent bouclé leurs ceintures de sécurité, Andy constata avec satisfaction qu'il avait brillamment résisté à l'envie d'embrasser Maggie.

Non qu'il fût surpris de s'être comporté en gentleman. Simplement, cette fois-ci, la tentation avait été de taille...

Dieu sait pourtant qu'il se tenait sur ses gardes ! Si l'attirance physique entre deux êtres constitue bien un des grands bonheurs de l'existence, c'est un bonheur qui se paie souvent trop cher, il l'avait appris à ses dépens.

Et il ne tenait guère à s'embarquer dans une folle passion avec la charmante Maggie avant d'être certain qu'il y avait entre eux suffisamment d'atomes crochus pour que leurs relations aient une chance de durer !

Enfin ça, c'était la théorie.

Car il lui avait suffi d'un coup d'œil aux attendrissantes meurtrissures de Maggie et à son attitude délicieusement crâne pour se sentir pris d'une furieuse envie de la serrer dans ses bras ! Il n'aurait su dire ce qui le troublait le plus en elle. Sa beauté un peu fragile ? Son courage ? Sa droiture ?

Et... que pouvaient bien devenir sa formidable sincérité et ses scrupules moraux dans un lit ? Il aurait bien aimé le savoir !

Stop ! songea-t-il, catastrophé. Acheter une voiture. Pour l'heure, il fallait à tout prix qu'il se concentre là-dessus.

— Il y a un monde fou dehors, ce soir, fit observer Maggie.

— Oui. L'approche de Noël, sans doute.

L'artère principale était illuminée, mais des piétons n'en dérapaient pas moins régulièrement sur les trottoirs gelés, et la température était descendue très au-dessous de zéro. Bref, il faisait un temps rêvé pour tester les capacités d'une automobile.

— Bien, reprit calmement Andy. Il y a trois concessionnaires dans le coin, mais cela m'aiderait d'avoir d'abord une petite idée de ce que tu recherches.

— Une voiture qui démarre en hiver et qui ne me complique pas la vie.

— Ce qui nous laisse encore quelques milliers de modèles. Tu n'as rien de plus précis à me signaler?

— Ma foi... il faut qu'elle puisse rouler sur la neige et sur des chemins de terre. Et j'ai besoin de place. Pour des skis en hiver, des sacs à dos et des tentes en été. Tu te souviens de la voiture que je conduisais lors de l'accident? Légère, jolie, avec des sièges de couleur claire... C'est exactement le contraire de ce que j'aurais dû acheter.

— Bon, ça commence à se préciser. Si je comprends bien, il te faut un véhicule plus utilitaire : robuste, quatre roues motrices, freins à double circuit. Et maintenant, passons aux questions plus délicates. Sans vouloir être indiscret, avant d'aborder un vendeur, mieux vaudrait que tu m'indiques une fourchette de prix.

Mais Maggie laissa alors échapper un petit rire crispé.

— Ne t'inquiète pas pour ça! répliqua-t-elle. Avec cet aspect-là du problème au moins, je peux me débrouiller toute seule...

Oh! oh! terrain glissant, songea Andy, qui jugea pour l'heure plus sage de ne pas insister.

N'empêche.

En arrivant chez le premier concessionnaire, il se

sentait déjà plus détendu. Car il voyait en gros comment les choses allaient se passer. Maggie lui réservait sans doute encore quelques surprises, mais il pensait avoir compris l'essentiel. Elle avait sa fierté et tenait à son indépendance, donc, admettre ses faiblesses lui coûtait.

Pour peu qu'elle se soit déjà fait embobeliner sur le prix ou les performances d'un véhicule, il était bien naturel qu'elle se montre un peu chatouilleuse à cet égard. Cette fois, en tout cas, elle ne se ferait pas avoir, puisqu'il l'accompagnait.

L'essentiel était de veiller à l'aider avec autant de discrétion et de tact que possible... Et de s'armer de patience.

Car Maggie était une femme. Or un mariage, fût-il désastreux, apprend toujours à un homme une chose ou deux sur le sexe opposé. Par exemple, que faire des achats avec une femme relève de la communication avec une espèce étrangère !

Les femmes ont besoin de temps. Elles ont besoin de comparer. Elles ont besoin d'hésiter. Il leur faut des siècles pour se décider. Le tout, c'était de le savoir. Quant à la patience, il en avait à revendre... Oui. Maggie ne trouverait jamais plus patient que lui. Croix de bois, croix de fer, si je mens, je vais en enfer !

Se garant devant un hangar éclairé de néons blancs, il afficha son sourire le plus engageant.

Une voix joviale retentit aussitôt.

— Bonsoir, les amis !

Harvey Lyman s'était précipité à leur rencontre. Ses joues rondes et rouges comme des pommes d'api, son abondante couronne de cheveux blancs et sa bedaine florissante le prédisposaient à endosser le costume de

Père Noël, ce qu'il ne manquerait pas de faire bientôt. Bref, Harvey avait tout pour inspirer confiance.

Son sourire baissa néanmoins d'un cran lorsqu'il reconnut Andy.

— Shérif Gautier ! Ravi de vous voir, reprit-il, faisant contre mauvaise fortune bon cœur. Quel bon vent vous amène ?

Ils se serrèrent la main, échangèrent des propos de circonstance sur la météo et la santé des uns et des autres, puis Harvey enchaîna :

— Alors, comme ça, vous cherchez une voiture ?

— C'est pour mon amie. Elle aimerait jeter un coup d'œil aux derniers modèles. Pour l'instant, il s'agit juste de regarder mais...

Andy s'était tourné vers Maggie pour la présenter, et se retrouva face au vide : la jeune femme avait tout bonnement disparu.

Inquiets, Harvey et lui se mirent à arpenter le hall d'exposition et, le temps qu'ils la retrouvent, Harvey soufflait comme un bœuf. Maggie venait de faire le tour d'un pimpant petit monospace blanc à l'intérieur gris foncé. Relevant la tête, elle adressa à Andy un grand sourire.

— Celle-là m'ira parfaitement, déclara-t-elle.

— Je pense effectivement que c'est un des modèles qui pourraient convenir..., acquiesça Andy, persuadé qu'elle plaisantait.

Mais Maggie ne plaisantait pas du tout.

Il y avait là des dizaines d'autres voitures, sans parler des autres concessionnaires. Maggie n'avait pas fait mine de s'asseoir au volant, et Andy la soupçonnait fort d'avoir omis de regarder le prix. Même Harvey se sentit obligé de suggérer qu'elle jette un coup d'œil ailleurs !

En pure perte.

— Non, vraiment, insista Maggie en tapotant amicalement le capot de la voiture. Elle a tout pour me plaire : une taille adaptée, des couleurs discrètes... Inutile de perdre davantage de temps.

Harvey, qui était pourtant du genre à flairer un gogo à cent mètres, semblait au bord de la crise cardiaque. En trente ans de métier, il n'avait sûrement jamais gagné aussi facilement sa commission. Il parvint néanmoins à bredouiller :

— C'est... un excellent choix... Un véhicule d'une fiabilité remarquable, une carrosserie à toute épreuve...

— La ferme, Harvey ! s'écria Andy. Maggie, il est exclu que tu achètes une voiture que tu n'as même pas essayée !

Il n'avait pas fini sa phrase que Harvey leur tendait déjà les clés. Maggie monta dans la voiture, s'assit, puis ressortit aussitôt.

— Parfait. Je me sens très bien dedans. Je la prends. Où dois-je payer ?

Cette fois, Harvey fut pris d'une telle quinte de toux qu'Andy dut lui taper vigoureusement dans le dos.

— Ce n'est rien, Harvey, déclara-t-il d'un ton ferme. Maintenant, mademoiselle va sortir essayer cette voiture. Après quoi, elle va réfléchir très, très sérieusement. En réalité, la seule chose qui la fait un peu sourire, c'est ce drôle de prix sur la pancarte. Tu m'entends ?

Mais Harvey n'entendait plus rien du tout. Il avait même complètement oublié qui venait, quinze jours plus tôt, d'épargner à son neveu la prison pour ivresse et voies de fait dans un lieu public. Non, Harvey n'avait plus d'yeux que pour Maggie, et son regard était humide de reconnaissance.

— Essayez-la aussi longtemps que vous voudrez, ma petite dame ! Et amusez-vous bien ! C'est une voiture de très grande classe... On la croirait créée exprès pour vous !

Puis, lorsque Andy eut enfin réduit Harvey au silence et se fut installé sur le siège du passager, Maggie prit la parole, avec un luxe de précautions pour le moins inattendu.

— Ecoute Andy, je sens bien que je t'exaspère...

— Mais pas du tout, Maggie ! coupa-t-il. Jamais de la vie. Tu te fais des idées, je t'assure.

De fait, il n'était nullement exaspéré. Juste abasourdi. Au bas mot, sidéré.

Bien entendu, il ne broncha pas tandis qu'elle se familiarisait avec le tableau de bord, puis tâtonnait pour mettre le contact. La plupart des gens essaient leurs véhicules en plein jour et dans des conditions météo optimales, mais Andy avait vu trop d'accidents : l'idée que Maggie teste sa voiture sur des routes enneigées lui semblait décidément excellente. Manque de chance, elle n'avait pas fait le tour du pâté de maisons qu'elle voulait déjà rentrer. Il parvint quand même à la convaincre d'emprunter la nationale pendant une quinzaine de kilomètres, puis de manœuvrer un peu sur un parking vide et verglacé. Mais ce fut tout ce qu'il obtint.

A vrai dire, cette voiture ne lui semblait pas un mauvais choix. De surcroît, il jugeait Harvey le plus à même de proposer à Maggie des conditions avantageuses. Simplement, il avait peine à croire qu'une femme puisse prendre une décision aussi vite... Sans parler de s'y tenir !

A leur retour, Harvey les attendait avec un sourire épanoui.

46

— Elle vous a conquise, n'est-ce pas ? s'exclama-t-il. J'en étais sûr ! C'est un vrai bijou. Et pour le paiement, ne vous faites pas de soucis, ma petite dame ! Je vais vous concocter un crédit aux petits oignons !

— Harvey, soupira Maggie, on ne va jamais s'entendre si vous persistez à me traiter de « petite dame ». Appelez-moi juste Maggie, d'accord ?

Malgré le froid glacial, de grosses gouttes de sueur se mirent à perler au front du concessionnaire.

— Euh... certainement... Maggie, bredouilla-t-il. A vos ordres !

— Et je n'ai pas besoin de crédit. Je vais payer en liquide.

Là, Harvey en resta franchement bouche bée. Andy aussi, du reste.

— Enfin non, pas en liquide, corrigea aussitôt Maggie. Je voulais dire par chèque... Si ça vous va, bien sûr, ajouta-t-elle d'une voix hésitante en dévisageant alternativement les deux hommes. Euh, j'imagine que je ne pourrai pas partir tout de suite avec la voiture, qu'il faudra attendre demain que vous puissiez appeler ma banque, mais...

— Hem, Maggie, intervint Andy en l'entraînant gentiment à l'écart. Sans vouloir te vexer, j'ai l'impression que tu n'as pas trop l'habitude d'acheter des voitures.

— Eh bien, non... c'est-à-dire que, mes deux parents sont morts : pas le même jour, mais presque. Ma mère a été emportée par une mauvaise pneumonie, et mon père a été renversé par une voiture en allant la voir à l'hôpital. Joanna et moi étions assez jeunes, elle venait de finir la fac, moi d'y entrer...

— Bon sang ! Je suis navré, Maggie.

— Non, non, je ne te raconte pas ça pour te mettre mal à l'aise, j'essaie juste de t'expliquer, pour les voitures. Joanna en avait déjà une, donc j'ai récupéré celle de mes parents. Et quand elle a fini par rendre l'âme... Bref, la voiture que j'ai réduite en charpie était la première que j'aie jamais achetée. Et ça s'était déjà horriblement mal passé...

Ainsi, songea Andy, côté voitures, Maggie n'avait jamais eu personne pour lui apprendre les stratégies de base. Voilà qui éclairait son attitude d'un jour totalement différent !

— Eh bien, pour commencer, expliqua-t-il, il est très rare qu'on achète une voiture sans crédit.

— Oui, je sais. La première fois, le type a failli avoir une attaque. J'ai bien cru qu'il ne voulait plus rien me vendre. J'ai même été sur le point de le planter là, mais j'avais absolument besoin d'une voiture, et...

— D'accord, Maggie, je comprends, l'interrompit Andy. Le seul problème, c'est que le prix marqué sur la pancarte n'a pas force de loi. Si tu veux acheter cette voiture, libre à toi. Mais je suis prêt à parier que Harvey sera ravi de te faire une remise substantielle pour peu que tu lui en laisses l'occasion. De plus, rien ne t'oblige à renoncer aux intérêts que pourraient encore te rapporter tes économies, en te délestant d'un seul coup d'une somme aussi importante.

— Andy... je ne suis pas douée pour marchander. Je gagne assez bien ma vie pour pouvoir payer cette somme sans barguigner, et l'idée d'avoir des dettes me donne des boutons. Imagine que je tombe malade, qui les réglerait à ma place ?

— Je vois. Ce serait certes dommage de brouiller

ton joli teint, plaisanta-t-il, d'un ton aussi désinvolte qu'il le put.

Mais il avait la nette impression qu'avant la fin de cette transaction, c'était lui qui allait se retrouver avec une phénoménale éruption !

4.

— Allons, tu as bien mérité un verre, déclara Maggie en poussant la porte de son chalet. Mais je t'avais prévenu que cette expédition n'aurait rien d'une partie de plaisir... Tu veux un scotch? Un bourbon? Un cognac?

— Un scotch, si tu as, répondit Andy. Et ne va pas croire que j'ai souffert : j'ai été ravi de t'accompagner.

— A d'autres! Tu as bien failli t'arracher les cheveux à deux ou trois reprises. Et tu me trouves cinglée d'avoir payé cette voiture au comptant, conclut Maggie en tirant une bouteille poussiéreuse d'un des placards du coin cuisine.

Elle en servit un verre pour Andy, s'en versa un dé à coudre, puis ajouta quelques cubes de glace. Ses doigts tremblaient un peu, et sans doute pas uniquement à cause du froid. De fait, la présence d'Andy l'avait troublée pendant toute la soirée.

— Je pense que tu as choisi un véhicule parfaitement adapté à tes besoins, répliqua-t-il. J'estime, certes, qu'il aurait été préférable de prendre un crédit... mais as-tu déjà vu des couples qui ne se disputent pas sur les questions d'argent?

— Maintenant que tu m'y fais penser, non, convint Maggie tout en apportant les deux verres dans le salon.

Puis elle alluma des lampes supplémentaires. Toutes les lampes. Histoire qu'Andy n'aille pas s'imaginer que, en l'invitant chez elle à cette heure, elle méditait une petite séance de séduction dans une atmosphère romantique... Et histoire aussi de détourner son propre esprit de toute idée de ce genre ! Car en dépit de son côté homme-bien-sous-tous-rapports, Andy, qui s'était confortablement installé sur le canapé, lui faisait l'effet d'un grand fauve au repos : superbe, à la fois souple et puissant... mais terriblement dangereux !

— Tu vois ? insistait-il. Qu'ils soient mariés ou non, jeunes ou vieux, riches ou pauvres, très amoureux l'un de l'autre ou pas, les hommes et les femmes ont toujours des points de vue divergents sur l'argent. Nul n'échappe à cette règle. On s'est juste confrontés à cette question un peu plus vite que la moyenne. De plus...

— Oui ? l'encouragea Maggie en s'asseyant prudemment à l'autre bout du canapé.

— Ne le prends pas mal, mais... pour moi, cette petite promenade a été extrêmement instructive. J'ignore où tu en es de tes problèmes d'amnésie, néanmoins, vu les trésors de malice et de dissimulation que tu as su déployer face à Harvey, ça m'étonnerait que tu aies été capable d'arnaquer qui que ce soit le jour de l'accident. Même avec un couteau sur la gorge, je me demande si tu arriverais à mentir.

— O.K., mettons que je ne suis pas douée pour l'escroquerie... Mais il reste quand même les sept péchés capitaux ! Ne me donne pas l'absolution trop vite : rien ne prouve que tu n'auras pas à m'arrêter un jour.

Une lueur d'amusement brilla dans les yeux d'Andy.

— Mon petit doigt me dit que non, rétorqua-t-il. Néanmoins, j'ai dans ma voiture une paire de menottes. Cela ne fait pas partie de mes fantasmes habituels, mais si tu tiens à les essayer, je me plierai volontiers à tes désirs.

— Gautier ! Un peu de tenue ! s'exclama Maggie, prenant un ton scandalisé.

N'empêche. Cette plaisanterie l'avait détendue. C'était la deuxième fois qu'Andy lui faisait le coup : évoquer son amnésie puis, mine de rien, dédramatiser efficacement la chose... Car, hélas, ses cauchemars continuaient bel et bien à la torturer. Et les quelques bribes dont elle commençait parfois à se souvenir lui demeuraient incompréhensibles ! Or les taquineries d'Andy parvenaient, malgré tout, à la rasséréner.

— Parlons plutôt de ton travail, reprit-elle, décidée, cette fois, à en apprendre davantage sur lui.

— Ça te paraît moins compromettant ?

— Et comment ! Non, sérieusement, j'aimerais bien savoir pourquoi tu as choisi de devenir shérif. Et aussi le genre d'affaires auxquelles tu es habituellement confronté...

— Soit. Commençons par ma vocation. Mon arrière-grand-père s'appelait Raoul Gautier. C'était un Français, parti vers l'Ouest dans l'idée de se colleter avec les Indiens. Après quoi, il est tombé amoureux d'une dame cheyenne répondant au doux nom de Biche bondissante. Leur union a déplu à un tas de gens et, du coup, ça a transformé sa vision du monde. Il s'est dit que, quitte à se battre, mieux valait le faire pour la paix que pour la guerre, et c'est devenu un genre de tradition chez les hommes de ma famille. Mon grand-père a été shérif, mon père aussi.

Maggie le dévisagea, songeuse. Si Andy devait à son arrière-grand-mère ses surprenants yeux noirs, son humour pince-sans-rire était incontestablement masculin !

— C'est une manière un peu paradoxale de formuler les choses, non ? objecta-t-elle. Présenter le fait d'entrer dans la police comme un moyen d'œuvrer pour la paix...

— Tout le monde ne l'envisage pas ainsi, c'est sûr. Ça dépassait complètement mon ex, en tout cas. Elle avait dû s'imaginer qu'être la femme d'un shérif serait bien plus exaltant ! Et puis, elle détestait la campagne. Alors que, pour moi, le travail y est beaucoup plus intéressant. Dans un patelin comme White Branch, on peut s'autoriser davantage de souplesse dans l'application de la loi que dans une grande ville. Et on peut réellement faire de la prévention, au lieu de toujours intervenir quand il est trop tard, sur le mode répressif.

— Qu'entends-tu au juste par : davantage de souplesse ? s'enquit Maggie, jugeant pour l'heure plus délicat de ne pas relever le commentaire désabusé d'Andy sur son ex-épouse. La loi n'est-elle pas la même pour tout le monde ?

— Bien sûr que si. Mais, dans la pratique, les problèmes des gens ne rentrent pas forcément dans les cases préétablies.

— Par exemple ?

— Prenons le cas de Mary Lee et Ed Bailey. Ils se bagarrent en gros une fois par mois : Mary tape sur Ed quand elle a trop picolé. Ed ferait bien de se demander pourquoi il s'obstine à rester avec elle. Au fond, c'est d'un groupe de parole pour femmes battues qu'il aurait besoin ! Mais je le vois mal entreprendre une démarche pareille...

— La situation paraît certes délicate à gérer.

— Tout est délicat à gérer dans ce métier. Tiens, tu connais peut-être Myrtle Tucker. Elle a cent trois ans et ne devrait en aucun cas vivre seule. Mais la dernière fois qu'une assistante sociale s'est présentée pour la placer dans une maison de retraite, Myrtle l'a accueillie en lui tirant dessus avec un fusil de chasse. Tu voudrais que je la mette en cabane pour ça ? Dans l'immédiat, je me suis juste arrangé pour que ses voisins passent à tour de rôle jeter un coup d'œil chez elle, et je vais moi-même m'assurer deux ou trois fois par semaine que tout va bien.

— Continue, c'est passionnant.

— Eh bien... il y a aussi Susan Harkins, qui est serveuse chez Babe. Je peux t'en parler parce qu'elle-même n'en fait pas mystère. Lorsqu'elle se retrouve à court d'argent, elle aurait tendance à faire, disons... des heures supplémentaires.

— Chouette, des ragots ! J'adore ça. Elle joue vraiment les belles de nuit ?

— Ça lui arrivait, oui. J'espère que c'est du passé. En tout cas, voilà un autre exemple d'une femme qui enfreignait sérieusement la loi sans que personne ait rien à gagner à la punir. Au départ, Susan avait à peu près autant d'estime pour elle-même que pour une serpillière, et personne ne lui avait jamais appris à gérer un compte en banque. Il s'est trouvé des gens assez compréhensifs pour lui donner un coup de main et, maintenant, ça va mieux... Et puis... on se retrouve parfois aussi dans des situations assez scabreuses.

— C'est-à-dire ?

— Ma foi, je pense à un type... mais mieux vaut que cette histoire-là reste anonyme. Sa femme lui avait acheté un genre de joujou érotique pour son anniversaire. Bon. Ils couchent les enfants, ils éteignent les lumières, tout se passe à merveille... jusqu'à ce que leur jouet se coince. Sa femme n'a jamais pu le convaincre d'aller à l'hôpital tellement il avait peur que le personnel aille tout raconter à ses voisins. Alors, c'est moi qu'ils ont appelé.

— Tu veux rire ?

— Hélas, non ! Enfin, heureusement, ça n'arrive pas tous les jours. Mais ce que j'essayais de t'expliquer, Maggie, c'est que dans des agglomérations comme la nôtre, on s'occupe assez peu de grande criminalité. Les gens ont surtout besoin d'une présence. Je n'ai que deux adjoints à mi-temps et, la plupart du temps, nous suffisons amplement à la tâche. Si des bandes de malfrats venus d'ailleurs ou des trafiquants de drogue rappliquent, la police de l'Etat ou les fédéraux viennent nous donner un coup de main. Mais deux cent cinquante gosses sont scolarisés ici, et tous ne sont pas des petits saints. Des gens meurent, des bébés décident de naître dans des endroits impossibles, des chevreuils heurtent des voitures en pleine nuit, des voisins se disputent... Bref, il se passe un tas de choses. Et dans ces moments-là, qui appelle-t-on, sinon la police ?

Comme Maggie restait silencieuse, Andy se redressa un peu sur son siège.

— Excuse-moi, reprit-il. Je ne voulais pas t'ennuyer avec tout ça. J'ai toujours tendance à m'emballer quand il s'agit de mon travail.

— Tu ne m'ennuies pas du tout, Andy. Je pourrais t'écouter pendant des heures. Mais j'avoue que tu m'inquiètes un peu.

— Moi ? Pourquoi donc ?

56

— Eh bien, j'ai horreur de l'admettre en public, parce que ça fait horriblement vieux jeu, mais j'ai toujours cru en ces valeurs démodées qu'on nomme intégrité, conscience professionnelle... et au fait d'essayer d'améliorer les choses autour de soi.

— Sans blague? dit-il avec un sourire en coin. Et alors, qu'est-ce que ça a de si inquiétant?

— Oh! Ne compte pas sur moi pour te dire que je t'admire : ça risquerait de te monter à la tête... Mais j'aime bien la façon dont tu parles de ton métier. Et la manière dont tu le conçois.

— Je vois, répliqua-t-il en se relevant avec lenteur. Dois-je en déduire que, si je tente quelques avances sur le pas de ta porte, tu ne me gifleras pas?

— Ne te fais aucune illusion, Gautier! Ce soir, tu rentres dormir chez toi!

— Va pour ce soir..., acquiesça-t-il avec un regard qui en disait long.

A l'idée qu'une soirée future pourrait se terminer tout autrement, Maggie sentit aussitôt une douce chaleur l'envahir. Mais le souvenir de ses nuits agitées la refroidit soudain.

— Tu devrais plutôt me remercier de te mettre à la porte, murmura-t-elle tandis qu'il regagnait l'entrée. Qui sait ce que tu finiras par découvrir sur moi?

— J'ai survécu à notre petite séance de shopping, non? objecta-t-il en décrochant sa veste. J'espérais avoir gagné au moins quelques bons points.

— Dix d'un coup! assura Maggie.

— Dans ce cas... j'aimerais bien savoir pourquoi tu te méfies autant de moi.

— Quelle idée! protesta-t-elle.

— Non. Pourquoi avoir allumé toutes ces lumières, tout à l'heure? Comme si j'allais te sauter dessus!

— Andy..., dit-elle avec embarras, je craignais que tu te méprennes sur le sens de mon invitation. Je n'aime pas m'engager à la légère... et je ne couche jamais avec le premier venu. Quelle que soit l'attirance que je peux éprouver pour lui...

— Oh! moi non plus, Maggie, je ne couche jamais avec la première venue. Se déshabiller ne suffit pas pour devenir intimes, et je ne vois pas l'intérêt de se gâcher le plaisir en précipitant le mouvement. Mais autant te prévenir tout de suite : mes intentions à ton égard sont tout sauf chastes !

Sur ce, il s'avança vers la porte, puis fit volte-face, laissa tomber sa veste à terre et attira impérieusement Maggie contre lui, la fixant d'un regard si intense qu'elle en frissonna.

Certes, il l'avait prévenue...

Et elle aurait largement eu le temps de se dérober, bien sûr ! Mais s'était-elle jamais dérobée devant quoi que ce soit ? Du reste, quand les lèvres d'Andy s'unirent aux siennes, elle ne se posa même plus la question.

Elle aurait pourtant juré que passer davantage de temps avec lui — surtout en quête d'une voiture ! — ne pouvait que dissiper la magie de leur première étreinte. Or c'était tout le contraire ! Ce diable d'homme l'embrasait tout entière... Et dire qu'elle l'avait pris pour un respectable citoyen ! Erreur. Grossière erreur. Andy était un très mauvais garçon. Et le pire, c'était qu'elle adorait ça...

Un semis de baisers voluptueux sur sa gorge la fit frémir, puis Andy lui arracha un baiser passionné qui acheva d'anéantir ce qu'elle pouvait encore conserver de lucidité. Et bientôt, elle le sentit glisser ses mains le long de son dos, se frayer un chemin sous son pull jusqu'au creux de ses reins puis la serrer farouchement contre lui. Les hanches plaquées contre celles d'Andy, elle mesurait à présent toute la force de son désir. Ce prétendu baiser d'adieu virait à l'invitation à la luxure ! Jamais son corps n'avait réagi aussi intensément au contact d'un homme. Comment un représentant de la loi pouvait-il éveiller chez une femme des pulsions aussi amorales ?

Déchirée entre ses scrupules et la crainte de ne plus jamais rien éprouver d'aussi fort, Maggie finit par renoncer à penser, se laissant porter par l'odeur d'Andy, par sa chaleur, par le son de sa voix, par la savante pression de ses paumes sur sa peau nue. Les agrafes de son soutien-gorge cédèrent bientôt, libérant en partie sa poitrine de l'insoutenable tension qu'elle endurait. Pour l'heure, les mains d'Andy s'attardaient encore sur son dos, mais ce n'était plus qu'une question de minutes, de secondes..., songea-t-elle avec un mélange d'impatience et d'anxiété. Il allait lui arracher son pull, c'était clair ! Lui caresser les seins...

Oui, le plus atroce, c'était l'attente, ce sentiment d'urgence, ce désir insensé qui lui crispait les entrailles et lui donnait la sensation d'être terriblement vulnérable...

Eperdue, elle répondit avec une fougue redoublée aux baisers d'Andy. Il ne pouvait plus douter de son consentement.

Les paumes d'Andy glissèrent enfin vers l'avant, avec une torturante lenteur. Sur le point de défaillir, Maggie sentit un pouce monter, effleurer paresseusement son sein... Puis Andy délaissa ses lèvres, posa un instant la joue contre la sienne, comme pour reprendre son souffle, laissa retomber sa main... Et tira son pull-over vers le bas.

Pas vers le haut, non. Vers le bas !

Désorientée, Maggie rouvrit les yeux.

— J'ai toujours su que tu me compliquerais la vie, Maggie, murmura Andy d'un air grave. Dès la seconde où je t'ai vue.

— Et tu me le reproches ?

— Pas du tout, répliqua-t-il, recouvrant son irrésistible sourire. Enfin, bien sûr, tout ça n'était qu'un avant-goût. Rien à voir avec les choses sérieuses...

Pour lui, peut-être ! songea-t-elle avec exaspération. Car pour sa part, elle avait déjà senti le vent du boulet !

— Cette semaine, je n'ai que jeudi après-midi de libre, reprit-il en ramassant sa veste. Ça te dirait d'essayer quelque chose de moins risqué dans une atmosphère plus fraîche ? Un peu de ski de fond, par exemple ?

Encore tout étourdie, Maggie hocha la tête en silence. Puis, du perron, elle regarda Andy regagner sa voiture.

Quel culot ! La planter là après l'avoir autant excitée ! Et le plus incroyable, c'était qu'elle en redemandait... Jamais encore elle n'avait rencontré un homme qui, à ce stade, eût renoncé à aller plus loin. Peut-être Andy pensait-il réellement qu'ils avaient quelque chose à construire ensemble ? Quelque chose qui méritait davantage d'efforts et de persévérance qu'une simple nuit d'amour torride ?

Quand les phares de la voiture eurent enfin disparu, elle se décida à rentrer. Il lui restait une tonne de lumières à éteindre, les volets à fermer... et il y avait Cléopâtre, qui pressait son nez contre les portes vitrées !

Puis, tout en préparant la ration quotidienne de carottes et d'épluchures de salade du raton laveur, Maggie reprit peu à peu ses esprits. Allons bon ! Elle n'allait tout de même pas se laisser électriser comme une gamine... D'accord, Andy embrassait comme un dieu. D'accord, il semblait bourré de qualités. Mais qui peut tomber amoureux — vraiment amoureux — aussi vite ?

N'empêche. Au moment de se mettre au lit, elle n'avait toujours pas trouvé le défaut de la cuirasse.

Quelques heures plus tard cependant, elle se réveilla de nouveau en sueur, le cœur affolé d'angoisse : son maudit sentiment de culpabilité était revenu, empoisonnant sa conscience comme un venin.

Et, hélas, elle ne se souvenait toujours de rien...

Ce n'était pourtant pas faute de s'être creusé la tête ! Elle savait de source sûre avoir passé le dîner de Thanksgiving avec sa sœur et ses neveux, puis être rentrée chez elle. Sans doute avait-elle travaillé sur son ordinateur le lendemain. Bon sang ! Qu'aurait-elle bien pu faire de mal ?

Elle ralluma sa lampe de chevet. Contempla le désordre de la pièce. Songea qu'elle ne pouvait décemment laisser Andy passer une nuit chez elle avant d'avoir tout rangé.

Puis elle ferma les yeux, catastrophée. Voilà ! Elle l'avait trouvée, la faille. Le hic. Le ver dans le fruit. Certes, elle ne demandait pas mieux que de faire l'amour avec Andy. Peut-être pas tout de suite, mais bientôt... si leurs relations continuaient à évoluer de manière satisfaisante... Seulement, outre sa probité naturelle, Andy était policier. Avec le code moral et éthique qui va avec. Or l'importance qu'il attachait —

comme elle, d'ailleurs — à l'honnêteté était précisément ce qui devait l'inciter à la plus grande prudence...

Car il était des erreurs qu'un shérif aurait peut-être du mal à pardonner ou à comprendre !

Oui. Si elle avait commis un acte répréhensible, il fallait à tout prix qu'elle le sache avant d'aller plus loin avec Andy.

5.

Le surlendemain matin, Maggie flottait sur un petit nuage. Pour la première fois depuis son accident, elle s'était réveillée en pleine forme, sans plus ressentir la moindre courbature. Le programme de sa journée ne comportait que des réjouissances — du shopping avec sa sœur, puis du ski avec Andy —, il faisait un temps splendide, et Joanna avait même trouvé un endroit où se garer en plein centre-ville. Un vrai miracle en cette saison !

Bavardant gaiement avec sa sœur, elle poussa la porte du grand magasin Mulliker's. Une délicieuse chaleur régnait à l'intérieur. Sous une profusion de guirlandes et d'ornements multicolores, un Père Noël joufflu arpentait en souriant le hall d'entrée. Pourtant, malgré cette atmosphère de fête, une inexplicable anxiété la submergea soudain.

— Hé ! tu te sens mal ? s'enquit Joanna.

— Non, non, pas du tout ! balbutia Maggie, peu désireuse de gâcher la matinée de sa sœur par des réactions aussi irrationnelles.

Car Joanna adorait faire les magasins, et voilà bien longtemps qu'elle ne l'avait vue si joyeuse.

— Par quoi veux-tu commencer ? reprit-elle, se contrôlant de son mieux. Les vêtements pour les garçons ?

— Pourquoi pas ? Mais juste pour le plaisir de regarder : tout est tellement luxueux ici ! Il serait plus raisonnable d'aller faire nos courses à Boulder.

— Si tu y tiens, on pourra toujours s'offrir une journée de lèche-vitrines à Boulder la semaine prochaine, suggéra Maggie. Mais, en attendant, autant commencer par jeter un coup d'œil près de chez nous.

Mulliker's était le magasin le plus chic de la ville, mais Maggie se souciait peu des prix. Pour elle, l'essentiel était d'y trouver pour ses neveux les marques et les styles dont raffolent les adolescents !

Comme Joanna et elle s'approchaient du rayon habillement pour jeunes, son cœur se remit à battre absurdement la chamade. Agacée, elle se dirigea vers une pile de pull-overs kaki, en déplia un et le montra à sa sœur.

— Tu crois que celui-là plairait à Colin ? questionna-t-elle.

— Laisse tomber..., répliqua Joanna en examinant l'étiquette. C'est beaucoup trop cher.

— Allons ! A quoi sert une tante, sinon à acheter à ses neveux des choses dont ils rêvent sans pouvoir se les payer ? Et si les parents désapprouvent, c'est encore mieux !

— Oui, je connais tes théories : je n'ai pas oublié la batterie que tu leur as offerte quand ils commençaient à peine à marcher. J'ai bien failli t'étrangler ce jour-là...

A ce souvenir, Maggie éclata de rire.

— Tu m'en veux toujours ? demanda-t-elle.

— Du tout, sœurette. Je suis devenue philosophe.

J'attends juste avec impatience que tu aies des enfants : dès leur naissance, je leur achète un lot complet de percussions !

— Tu n'oserais pas me faire un coup pareil... Voyons, sérieusement, qu'y a-t-il sur ta liste ?

— Jeans, sous-vêtements, chaussettes..., énuméra Joanna d'un ton las. Seigneur ! Mes fils n'ont quasiment plus rien à se mettre. Ils poussent comme du chiendent et... non, Maggie, je te vois venir, mais inutile d'insister. Je n'accepterai plus rien de ta part. Je n'ai même pas commencé à te rembourser ce que tu m'as prêté l'autre fois.

— Ce n'était pas un prêt, tête de mule ! Je t'ai déjà expliqué que je gagne beaucoup trop d'argent pour moi toute seule. D'ailleurs, j'aimerais bien acheter un nouvel ordinateur aux gosses. Ce vieux machin sur lequel ils s'escriment...

— Pas question, Maggie, coupa Joanna. Ce n'est pas une solution. Il faut que je me trouve du travail... Que je me reprenne en main. Si seulement j'avais le quart de ton énergie !

— Cesse de te dénigrer..., enchaîna Maggie, non sans profiter de ce que sa sœur regardait ailleurs pour tirer deux chemises d'un présentoir et dissimuler le pull-over kaki en dessous. Tu as traversé des moments épouvantables. Personne ne peut être fort à longueur de temps.

— Si. Tu en es la preuve vivante. Et je ne veux pas que tu te ruines pour nous, cette année. D'autant que tu as dû te racheter une voiture...

— Et alors ? L'assurance a presque tout payé.

Bien sûr, c'était un pieux mensonge. Mais Joanna n'avait jamais été douée pour les chiffres.

— A propos de voiture, reprit cette dernière, tu ne m'as pas raconté comment s'est passée ta soirée avec le shérif. Tu comptes le revoir ?

— A vrai dire, il est question que j'aille faire un tour à skis avec lui dans l'après-midi, répondit Maggie en glissant sous sa pile un T-shirt que sa sœur venait de reposer après un coup d'œil fataliste au prix.

— Tu sais, d'après Linda, toutes les marieuses de la ville sont à ses trousses depuis son divorce.

— Linda la coiffeuse ou Linda la conseillère financière ?

— Linda la coiffeuse, évidemment. Elle seule est au courant de tout ce qui se passe ici. L'ex-femme de Gautier s'appelait Dianne. Une vraie gravure de mode, à ce qu'il paraît.

— Ah ? Et ça, tu crois que ça plairait à Roger ? s'enquit négligemment Maggie en désignant un sweat-shirt des Denver Broncos.

— A ton avis ? soupira Joanna avec un haussement d'épaules. Voyons, où en étais-je ? Oui : leur mariage a duré cinq ans. Il l'avait rencontrée lors d'une espèce de randonnée en montagne. Apparemment, elle lui a fait le coup classique : elle trouvait merveilleux tout ce qu'il faisait, adorait tout ce qu'il aimait, rêvait de vivre dans une petite bourgade... Bref, ils se sont mariés, et bing ! elle s'est mise à détester le grand air, à gémir qu'elle étouffait dans ce bled... Linda prétend qu'il a pas mal picolé lorsqu'elle l'a quitté.

— A sa place, j'aurais plutôt picolé tant qu'elle était là, commenta Maggie.

— Enfin, bon, il a cessé de boire. Après quoi il a recommencé à sortir. Linda dit qu'il doit connaître toutes les célibataires à cent kilomètres à la ronde.

66

— Et Linda t'a spontanément fourni toutes ces informations ? demanda Maggie en ajoutant quelques paires de chaussettes à son fardeau.

— Je l'ai interrogée, naturellement : il fallait bien que je me renseigne sur ce type. Personne n'a réussi à lui remettre la corde au cou, Maggie. Et ce n'est pas faute d'avoir essayé. Peut-être est-il devenu allergique à la vie de couple ?

— On le serait à moins ! J'ai toujours détesté cette idée de chasse au mari. Comme s'il s'agissait d'attraper un cheval au lasso... Si j'ai bien compris, cette fille n'a pas été très honnête envers lui, ou alors elle s'est leurrée elle-même. Rien d'étonnant à ce que ça ait mal fini. Pourquoi la franchise ne règne-t-elle pas davantage au sein des couples ?

— Parce que ce serait contraire à toutes les règles de la civilisation, trancha Joanna avant de secouer la tête à la vue du tas de vêtements accumulés par sa sœur. Et maintenant, filons d'ici avant d'emporter tout le magasin.

— Attends, juste une seconde, tu es sûre que les garçons n'ont pas besoin de parkas ?

— Non, celles qu'ils ont tiendront bien jusqu'à l'hiver prochain, décréta Joanna.

En se dirigeant vers les caisses cependant, Maggie aperçut une série de blousons d'aviateur en cuir. Colin mourait d'envie d'en avoir un, elle en aurait mis sa tête à couper. Mais cette idée ne lui eût pas plus tôt traversé l'esprit qu'elle sentit monter une nouvelle bouffée d'angoisse.

Allons bon ! Cela commençait à bien faire...

— Joanna ? dit-elle, résolue, cette fois, à prendre le taureau par les cornes.

— Oui ?

— Il ne s'est vraiment rien passé de bizarre à Thanksgiving ?

— Voyons, Maggie, tu continues à t'inquiéter pour ça ? C'est ridicule. Je parie que la seule raison de ton trou de mémoire, c'est que tu fais une fixation dessus.

— Probable, répliqua Maggie en fourrant la pile de vêtements dans les bras de Joanna pour attraper son sac. Mais tout de même, tu es certaine que cette soirée s'est déroulée comme d'habitude ?

— Bien sûr que oui. C'était un Thanksgiving on ne peut plus ordinaire. Nous avons mangé de la dinde avec une salade de canneberges aux oranges, comme la préparait maman. J'ai fait brûler les petits pains. Tu vois, rien d'extraordinaire... Sauf que, à dater de ce soir-là, mon diable de fils aîné s'est transformé en ange ! A vrai dire, tu as eu une longue conversation avec lui dehors, sous le porche.

— Et sais-tu de quoi nous avons parlé ?

— De son comportement, j'imagine. Tu sais bien, il s'était mis à fréquenter cette bande de gamins pleins aux as qui écument les boîtes de nuit et, s'il séchait encore l'école, il risquait d'être renvoyé. J'ignore ce que tu as pu lui raconter, mais les effets ont été miraculeux. Mon Dieu ! que deviendrais-je si tu n'étais pas là pour veiller sur mes garçons ! conclut Joanna avec un soupir navré. Je suis vraiment en dessous de tout... hé là !

— Hé là quoi ?

Leur tour était arrivé, et Maggie avait déjà tendu sa carte de crédit à la caissière.

— Maggie, tu ne vas pas payer la totalité de nos achats ! Il faut qu'on fasse le tri.

— Regarde, chuchota Maggie, il y a plein de gens qui attendent. Laisse-moi régler, ça ira plus vite. Tu me rembourseras plus tard.

Mais plus tard, Joanna oublierait, songea Maggie. Et c'était tant mieux. Si ce n'est qu'arrondir les fins de mois de sa grande sœur revenait, apparemment, à mettre un cautère sur une jambe de bois. Le désarroi et la dépendance croissante de Joanna lui donnaient un sentiment d'impuissance d'autant plus douloureux qu'elle n'y était guère accoutumée...

En quittant le magasin, cependant, Maggie se remémora avec plaisir ses projets pour l'après-midi avec Andy. Allons ! Tout n'était pas si noir dans sa vie !

Lorsque Andy arriva chez Maggie, le soleil s'était déjà couché. Evidemment, pour un rendez-vous prévu à 15 heures, il était un brin en retard...

La lumière extérieure était allumée. Il frappa une fois, deux fois. Puis, n'obtenant pas de réponse, il recula un peu. La nouvelle voiture de Maggie était garée devant le chalet. La jeune femme était donc chez elle. Quant à savoir si elle serait d'humeur à lui ouvrir...

Il s'apprêtait à un nouvel essai quand Maggie apparut dans l'embrasure de la porte de service. Elle était vêtue d'un jean moulant et d'un grand pull jaune d'or. Un vrai rayon de soleil !

— Maggie, je suis vraiment navré, bredouilla-t-il, s'attendant à une rebuffade.

— Tu l'as déjà dit deux fois à mon répondeur, répliqua-t-elle avec un grand sourire. Ne t'en fais pas, j'ai bien eu tes messages. Entre. Tu as eu plus de travail que prévu ?

— C'est tout à fait ça, soupira-t-il, préférant ne pas s'appesantir sur la manière dont une banale infraction au code de la route l'avait conduit à découvrir dans le coffre d'une voiture de tourisme un véritable arsenal d'armes de gros calibre.

Il avait appelé la police de l'Etat, mais ces gars-là n'étaient jamais pressés et, le temps qu'ils se décident à embarquer son suspect, la journée était déjà presque terminée.

— Tu as l'air claqué, commenta Maggie, compatissante.

Puis, comme sous l'effet d'une impulsion subite, elle l'embrassa sur la joue, et Andy se sentit rosir comme un adolescent.

A vrai dire, pour un baiser, c'était un peu rapide. Mais enfin, c'était toujours mieux que rien. D'autant qu'il s'était plus ou moins préparé à une scène ! Dans un cas pareil, son ex ne l'aurait pas loupé, et la plupart des femmes de sa connaissance non plus, d'ailleurs... Il devait y avoir une faille. Maggie ne pouvait être à ce point parfaite.

— Je te trouve bien généreuse envers un type mal rasé qui t'a promis d'aller skier et qui rapplique après la tombée de la nuit, fit-il observer.

— C'est vrai que tu râpes un peu ! Mais c'est comme ton histoire de dentifrice : si tu ne prends pas la peine de te pomponner pour venir me voir, je n'ai pas à me sentir gênée d'avoir un trou dans mes chaussettes... Quant à notre programme initial, j'en ai trouvé un de rechange. Tu as fini de travailler ?

— Normalement, je suis libre pour la soirée. En pratique, je suis censé rester joignable sur mon portable.

— Donc, si je comprends bien, j'ai le droit de te kidnapper à condition que tu puisses téléphoner ?

— En ce qui me concerne, Maggie, tu as tous les droits. Et s'il s'agit d'un kidnapping, tes conditions seront les miennes : j'ai hâte de voir ça !

Une heure plus tard, Andy commençait décidément à prendre goût à son statut de kidnappé. Ils avaient parcouru plusieurs kilomètres à skis depuis le chalet. Bien qu'intrigué par les mystérieuses provisions que Maggie avait fourrées dans son sac à dos, il avait docilement joué les ânes de bât, et la balade avait été juste assez longue pour chasser les tensions de la journée. Sous la clarté lunaire, le paysage enneigé était d'une beauté féerique. Ils avaient dérangé un daim et un renard, qui s'étaient aussitôt réfugiés dans les bois, mais depuis aucun être vivant n'avait plus troublé leur intimité.

Un grand feu crépitait dans un foyer délimité par un cercle de pierres. Cependant, aussi fasciné qu'Andy fût par les flammes, son regard revenait toujours à Maggie. Pour l'heure, celle-ci arrosait consciencieusement un poulet empalé sur une broche improvisée. Elle avait porté le petit bois, chargeant Andy de la volaille, d'une Thermos de cidre chaud et de pommes de terre enveloppées dans du papier alu. Et pendant qu'elle s'activait, il jouait le rôle épuisant du captif, affalé sur une couverture, le dos calé contre une bûche.

Le monticule sur lequel ils avaient fait halte était invisible de la maison. Une cachette idéale ! Il donnait sur un ravin abrupt, où un filet d'eau scintillante serpentait entre des pentes immaculées.

— C'est un vrai coin de paradis que tu as là !

déclara Andy. De la route, on ne soupçonnerait jamais son existence.

— Je sais! Ma seule terreur, c'est que des touristes le découvrent un jour et décident de le « mettre en valeur », comme on dit... Oh! zut! J'ai oublié les verres.

— Bah! Boire au goulot ne nous tuera pas. Ce cidre m'a l'air assez fort pour exterminer tous les microbes qu'on pourrait être tentés de partager.

— Détrompe-toi, il n'est pas très alcoolisé: je le laisse juste mariner quelques heures avec des épices. Mais par un froid pareil, c'est sûr que ça réchauffe.

En réalité, Andy était loin d'avoir froid. Un grand rideau de sapins les protégeait du vent, permettant aux flammes de s'élever droites et claires, et le simple spectacle de sa geôlière aurait déjà suffi à faire grimper sa température d'un nombre respectable de degrés.

— Tu sais, Maggie, reprit-il, je t'ai fait injure en doutant de tes aptitudes à la criminalité. Tu as l'étoffe d'une grande kidnappeuse! Quelle organisation... Finalement, tout espoir de te retrouver derrière les barreaux n'est peut-être pas perdu!

— Ne me complimente pas trop vite, tu n'as pas encore goûté ma cuisine. Ce poulet est décidément cuit: c'est la minute de vérité. Non, attends, ne bouge pas... c'est toi qui as eu une journée pénible.

Andy ne voyait aucune objection à se laisser servir, mais il ne tarda pas à découvrir que la journée de Maggie non plus n'avait pas été de tout repos. Tandis qu'il dévorait une succulente cuisse de poulet rôti, elle lui raconta sa matinée dans les magasins. Et elle avait beau tenter de rendre son récit aussi léger que possible, il sentait bien qu'elle se faisait un sang d'encre pour sa sœur.

— Maggie, à t'entendre, on te croirait entièrement responsable d'elle et de son foyer, commenta-t-il enfin.

— Eh bien, en un sens, c'est le cas : Joanna n'a plus de famille, à part ses fils et moi. Elle s'est mariée très jeune et, après la mort de Steve, elle a semblé tellement perdue... Elle a toujours été un peu rêveuse, fantasque. Et Steve avait tendance à la surprotéger.

— Et ses enfants ? Tu semblais dire que son aîné a eu des problèmes...

— Colin ? Oh ! je ne parlais pas de gros problèmes. A la mort de son père, il a été un peu déboussolé, voilà tout. Il s'est mis à se bagarrer au lycée, à sécher des cours... Rien de très méchant, il ne ferait pas de mal à une mouche. Simplement...

— ... son père lui manquait, compléta Andy.

— Exactement. Et Joanna était trop absorbée par son propre chagrin pour réagir. Elle adore ses fils, bien sûr, mais elle ne veut pas entendre parler de problèmes. Un rien la démonte.

Perplexe, Andy prit quelques instants pour laver leurs assiettes et leurs couverts dans la neige.

— Joanna m'a pourtant semblé avoir la tête parfaitement sur les épaules le soir où je l'ai croisée, déclara-t-il enfin. Dès qu'elle a compris que je venais voir sa petite sœur, elle m'a inspecté sous toutes les coutures. J'ai bien cru que j'allais devoir lui présenter mes pièces d'identité et un certificat de bonne conduite...

— Elle est jolie, n'est-ce pas ? murmura Maggie. Elle a toujours fait beaucoup d'effet aux hommes.

Andy hocha distraitement la tête. La blonde sœur de Maggie avait certes beaucoup d'allure mais, ces temps-ci, seuls les cheveux châtains semblaient l'intéresser. Et surtout, le rôle de saint-bernard que Maggie s'était visiblement attribué dans sa famille le laissait songeur : dépannages en tout genre, soutien financier, maternage, le tout vingt-quatre heures sur vingt-quatre...

— Tu sais, Maggie, il faut parfois laisser aux gens une raison de se débrouiller seuls, avança-t-il prudemment.

— Mais Joanna n'a jamais eu de vraies responsabilités !

— Peut-être pourrait-elle commencer ?

— Certes... mais imagine qu'elle ait besoin de moi et que je ne sois pas là !

Maggie aurait clairement préféré se faire écorcher vive. Mais après tout, c'était son affaire, songea Andy en ajoutant quelques branches dans le feu.

Puis il s'allongea confortablement sur la couverture.

— Viens là, dit-il enfin.

— Pour quoi faire ? s'enquit-elle, se rapprochant néanmoins.

— Un câlin, gibier de potence, répliqua-t-il en l'enlaçant fermement. Pour réchauffer ton cœur dur et impitoyable ! C'est affreux, je n'arrête pas de découvrir sur toi des choses extrêmement rebutantes.

— C'est fou ce que tu as l'air rebuté ! Mais je t'ai prévenu, Gautier, tu aurais tort de me croire particulièrement vertueuse.

Le nombre impressionnant d'épaisseurs de vêtements qui les séparaient aurait dû exclure toute notion de volupté. Et pourtant... Fallait-il y voir le résultat de l'incroyable précision avec laquelle le corps de Maggie s'emboîtait contre le sien ? se demanda Andy avec ravissement. Ou bien l'effet de ses lumineux yeux verts, rivés aux siens et pleins de malice ?

Pleins de malice... mais non dénués d'une certaine réserve, aussi.

— Vertueuse, toi ? s'empressa-t-il de rétorquer. Tu veux rire ! Je n'ai jamais pensé une chose pareille. Dans la police, on se doit d'être physionomiste et psychologue. Or dès la seconde où je t'ai vue sur ton lit d'hôpital, j'ai senti à quel point tu peux être perverse. A propos, tu as recouvré la mémoire ?

— Non, soupira Maggie.

— Eh bien, moi, je commence à avoir ma petite idée sur les méfaits que tu as pu commettre. Rien que ces deux dernières heures, tu t'es déjà rendue coupable de goinfrerie et de kidnapping.

— De goinfrerie ? Tu as le culot de m'accuser de goinfrerie alors que c'est toi qui viens d'engloutir les trois quarts du poulet ?

— Dame ! C'est de tes péchés qu'il s'agit, pas des miens. Hélas, cette conversation ne va pas tarder à s'étioler, car tu ne dois pas avoir grand-chose à raconter...

— Que si ! Apprends que je suis une voleuse.

— Sans blague ?

— Parfaitement. Quand j'allais à l'école primaire, j'ai volé des framboises dans le jardin de notre voisine. J'ai récidivé plusieurs fois, même. Mmm, j'adore les framboises... Je crois bien que je serais capable de recommencer !

— Non ? Je n'en crois pas mes oreilles ! Qui t'eût crue capable d'un crime d'une telle envergure ? Dommage que je n'aie pas mes menottes.

— Ah ! Tu ne vas pas recommencer avec ces histoires de menottes !

Conciliant, Andy se borna à l'embrasser, Maggie ne

demandant visiblement pas mieux. Mais sa technique dut être défaillante, car la jeune femme le repoussa bientôt.

— L'orgueil..., marmonna-t-elle.

— Quoi, l'orgueil ? Tu ne vas pas passer en revue la liste des péchés capitaux ?

— Je ne suis pas certaine de me les rappeler tous, insista-t-elle. Voyons : il y a la gourmandise, la paresse, l'envie, la colère... En tout cas, je suis sûre que l'orgueil est dedans. Or il m'a parfois incité à prendre des décisions un peu inconsidérées... Comme quand j'ai traversé les Appalaches à pied, par exemple.

— Tu t'es attiré des ennuis ?

— Pas vraiment. Mais une nuit, je me suis retrouvée dans un refuge avec une bande de types qui avaient bu. Or j'aurais dû repartir dès que je m'en suis aperçue. Au bout du compte, je n'y ai pas laissé trop de plumes mais, ce soir-là, si je n'avais pas eu la manie de croire que je peux me tirer de n'importe quoi toute seule, je me serais épargnée pas mal de désagréments... Et une autre fois, je faisais un peu d'escalade — juste pour m'entraîner, mais enfin, je savais bien qu'on doit toujours être accompagné —, je suis tombée et je me suis cassé une cheville. C'était vraiment trop bête.

— Tu l'as dit.

— Alors ça ! J'espérais tout de même un peu plus de compassion de ta part, Gautier !

— Et puis quoi encore ? Tout ça m'a bien l'air de péchés d'orgueil. Personnellement, je n'ai jamais rien fait d'aussi stupide. Même le jour où je suis parti en montagne en VTT, qu'il y a eu une tempête de neige et que j'ai failli me rompre le cou. Mais ce n'était pas moi qui étais stupide, c'était la météo.

— Ah! dit Maggie, les yeux brillants. Je pensais bien que tu comprendrais...

— Qu'on puisse éprouver le besoin de tester ses limites, pour voir ce qu'on a dans le ventre? rétorqua-t-il avec un sourire. Bien sûr. J'ai joué à ça, moi aussi. Mais j'ai passé l'âge. Et pour en revenir au sujet qui nous occupe, tu as oublié deux péchés.

— Lesquels?

— La luxure, pour commencer. Qu'as-tu à en dire?

— Moi? Rien du tout.

Andy non plus. Il préférait — et de loin! — les travaux pratiques. Par chance, Maggie semblait tout à fait du même avis...

6.

Maggie avait semblé si déterminée à lui prouver — par une confession en règle de ses turpitudes passées —, qu'elle était bonne pour le gibet, qu'Andy s'étonna de son soudain changement d'humeur. Mais quand une femme vous offre aussi généreusement ses lèvres, un gentleman ne doit-il pas s'incliner?

En d'autres circonstances, il eût fait preuve de davantage de prudence. Mais le feu s'était presque éteint, le froid glacial de la nuit commençait à les envelopper, il était exclu de déshabiller Maggie sous peine de la congeler, et il n'avait pas de préservatifs sur lui. Avec une telle accumulation de garde-fous, céder momentanément à son sourire délicieusement provocant ne pouvait guère porter à conséquence...

Les jolies lèvres glacées de Maggie ne tardèrent pas à se réchauffer, et toute lueur de taquinerie disparut bientôt de son regard.

Un premier baiser n'ayant pas semblé lui suffire, Andy se remit à la tâche avec plus d'application. Cette fois, Maggie parut beaucoup plus concentrée. Bientôt, le regard noyé, elle se cramponna à son cou comme si elle craignait de le voir s'échapper... Une idée pour le moins saugrenue!

Comme la bûche qui leur servait de dossier les gênait, Andy la repoussa, puis il plaqua Maggie sur la couverture. Il aurait tant aimé lui faire perdre la tête ! La rendre folle de désir... Ce qui n'était pas une mince affaire, vu les épaisseurs de laine et de duvet qui s'interposaient entre eux ! A vrai dire, lui-même se sentait bien près de perdre l'esprit. Tout en Maggie le subjuguait...

Dieu merci, il avait quand même fini par lui découvrir quelques faiblesses. Comme son dévouement — certes louable mais peut-être un tantinet excessif — envers sa sœur, ou son côté casse-cou. Hélas, tout cela ne garantissait en rien qu'elle fût prête à accueillir un homme dans son existence...

Car c'était le seul problème qui l'inquiétait vraiment. Autonome comme Maggie semblait l'être, pourquoi aurait-elle eu besoin d'un compagnon ? Du reste, jusqu'à il y a peu, lui-même ne songeait guère à se plaindre de sa solitude... Mais c'était avant d'embrasser Maggie.

Il avait d'abord craint qu'elle ne partage pas son émoi. Mais à présent qu'il l'étreignait, il n'en revenait pas de la sentir aussi consentante et aussi vulnérable. Comme si son bonheur, sa vie même ne dépendaient que de lui. Comme si chacune des caresses qu'il lui prodiguait lui causait une divine surprise et la plongeait dans des abîmes de félicité.

Ce n'était pourtant plus leur premier baiser ! Le choc initial une fois passé, l'enchantement aurait dû se dissiper. Mais non, Maggie lui donnait encore et toujours l'impression de n'avoir jamais attendu que lui...

Un ego masculin peut-il résister à cela ?

Enfermant doucement les mains de Maggie dans les

siennes, il les lui passa derrière la tête, curieux de voir comment elle réagirait. Lui plairait-il, pour une fois, de céder à un autre la lourde responsabilité du contrôle des événements ?

La dynamite est moins explosive. L'enserrant de ses longues jambes, Maggie gémit voluptueusement avec un déhanchement suggestif, puis elle tira sur ses deux mains pour se libérer. Peu désireux de la contrarier, il la relâcha, non sans s'être auparavant emparé de sa bouche.

La couverture s'entortillait sous eux, leurs fuseaux et leurs anoraks entravaient leurs mouvements, les braises étaient bien trop proches, mais Andy s'en fichait bien. Aucune femme n'avait jamais répondu à ses sollicitations avec autant de saine franchise et de libre sensualité que Maggie. Rien ne semblait plus l'effrayer, comme si l'étonnement avait court-circuité ses défenses. Sans doute n'en revenait-elle pas que de simples baisers puissent provoquer entre deux êtres des sensations aussi cataclysmiques.

Du reste, il partageait sa stupéfaction ! Mais il sentait aussi que, avec Maggie, les préliminaires revêtaient une importance capitale... Et il avait l'intuition d'être le premier à s'en apercevoir. De fait, comment une femme aussi farouchement indépendante aurait-elle pu s'abandonner sans réticences ? Oui. Il y avait gros à parier qu'elle réagissait au désir sexuel comme à l'achat d'une voiture : foncer pour s'en débarrasser au plus vite ! C'était tellement plus simple et moins dangereux que d'approfondir ses sentiments, au risque de perdre la maîtrise de son existence...

Mais lui n'était pas prêt à se contenter d'une banale aventure. Il voulait la confiance de Maggie. Sa confiance pleine et entière. Et, à l'évidence, cela n'irait pas sans mal. Peut-être devrait-il la provoquer. La frustrer. La freiner dans ses élans. La pousser dans ses derniers retranchements... Oui. Sans doute était-ce son seul espoir de la garder longtemps.

Mais la mise en pratique s'annonçait délicate !

La couverture s'entortilla davantage, et la tête de Maggie se retrouva sur la neige. Andy roula alors sur le dos, attirant la jeune femme sur lui pour la mettre à l'abri. Somme toute, s'il fallait vraiment que quelqu'un attrape la mort en se gelant la tête, autant que ce soit lui.

Ce changement de position sembla cependant raviver l'ardeur de Maggie, qui se mit à l'inonder de baisers.

— Andy..., murmura-t-elle avec fièvre, pesant sur lui de tout son poids comme pour mieux le torturer. Andy, il faut qu'on arrête, c'est de la folie... Il est tard. On n'a plus de feu. On va geler.

— Maggie, protesta-t-il faiblement, je suis navré de te l'apprendre, mais c'est toi qui es en train de m'embrasser...

— Chut ! Ouvre ta veste.

A la réflexion, Andy commença d'abord par ouvrir la fermeture à glissière de la parka de Maggie. Puis il serra la jeune femme plus étroitement contre lui. Tous deux devaient dégager assez de calories pour faire fondre quelques avalanches, et il sentait son sang-froid l'abandonner à la vitesse grand V. Gagner la confiance de Maggie était certes capital, mais ne pourrait-il s'y atteler dès demain ? Pour l'heure, d'autres priorités semblaient l'emporter ! La pression des seins fermes de Maggie contre sa poitrine le mettait au supplice, et il mourait d'envie de caresser sa peau nue...

— Andy..., soupira-t-elle. Tout bien considéré, peut-être pourrait-on quand même...

— Pour l'amour du ciel! Maggie, implora-t-il, s'efforçant de résister à la tentation. Parle-moi d'autre chose!

Ambrés comme du cognac à la lueur des braises, les cheveux de Maggie étaient adorablement emmêlés. Ses lèvres vermeilles tremblaient de désir, et ses yeux verts plongeaient droit dans les siens avec une honnêteté à couper le souffle.

— D'accord, ce n'est pas forcément une bonne idée, admit-elle. Moi aussi, j'ai peur que ce soit prématuré. Mais je n'avais jamais rien ressenti d'aussi fort avec personne, Andy, je te le jure...

Un son discordant traversa soudain l'air, couvrant le bruissement des sapins et le léger sifflement des braises. Jusque-là, Maggie et lui n'avaient été environnés que de bruits naturels : rien de comparable avec la déconcertante irruption de la civilisation, matérialisée par une sonnerie de téléphone.

Comme sous l'effet d'une gifle, Maggie releva la tête.

— Ton portable, dans le sac à dos! s'exclama-t-elle.

Hochant la tête, Andy émit un chapelet de jurons, puis s'empara de nouveau des lèvres de sa compagne.

— Quelqu'un a peut-être des ennuis, insista Maggie dès qu'il s'interrompit pour reprendre son souffle. Tu ne crois pas que tu devrais répondre?

— Bien sûr que si! grommela-t-il, ulcéré.

Il l'embrassa une dernière fois, puis se dégagea pour aller récupérer son fichu téléphone. Pour l'heure, la seule voix qu'il était d'humeur à entendre était celle de Maggie. Et il aurait bien aimé savoir où elle voulait en venir avant ce fâcheux contretemps ! Mais le devoir l'appelait.

Et le devoir... C'était toute sa vie.

Malgré les parasites qui brouillaient la ligne, il comprit assez vite de quoi il retournait. Paul Shonefeld était — pour changer — en train de mettre en pièces son bar favori. Mais ce coup-ci, des couteaux avaient jailli pendant la bagarre. Or Mavis, son premier adjoint, savait pertinemment qu'Andy lui passerait un savon de première si jamais il tentait de régler ce genre de problème à lui tout seul.

Dès que Maggie eut entendu la fin de la conversation, elle recouvrit les braises et replia la couverture. Deux minutes plus tard, ils dévalaient à toute allure la pente qui menait chez elle.

Cette course dans un vent glacial aurait dû calmer Andy. Non seulement Maggie avait fait preuve d'une efficacité record en remballant leurs affaires, mais elle n'avait même pas eu un mot de reproche. Dieu sait que, avec son ex, il n'aurait pas coupé à la diatribe vengeresse sur son travail qui passait toujours avant leur couple ! Maggie, elle, semblait comprendre et accepter que son métier comportait nécessairement une part d'imprévu. Mais cela ne le réjouissait pas pour autant.

Une fois au chalet, elle déposa leur barda à l'intérieur, puis s'adossa à l'embrasure de la porte pour un long et dernier baiser.

— Voilà qui est mieux, Gautier, murmura-t-elle enfin.

— Mieux que quoi ? s'enquit-il, déconcerté.

— Ton sourire est revenu... Pendant un moment, j'ai bien cru que tu allais me mordre.

84

— Je n'étais pas en colère contre toi, Maggie.

— N'empêche que tu avais l'air de sacrément mauvais poil ! Ecoute... avant que tu partes, je voudrais que tu saches que cette soirée n'a pas du tout tourné comme je m'y attendais.

— A qui le dis-tu ! Puisque la neige ne suffit pas à refroidir nos ardeurs, peut-être devrait-on essayer d'aller piquer une tête dans un lac de montagne, la prochaine fois ?

— Tu crois que ce serait plus efficace ?

— Non, murmura-t-il en lui caressant la joue. Et tu sais aussi bien que moi comment tout cela finira. Mais je ne veux pas te bousculer, Maggie. On prendra tout le temps qu'il faudra.

Restait juste à savoir comment !

Lorsque Andy arriva chez Babe, Mavis l'attendait devant la porte. Contrairement à son deuxième adjoint le grand John, moins dégourdi et plus froussard, ce petit homme placide et râblé aurait sans doute pu tenir tête à n'importe quel adversaire, mais Andy tenait à la stricte application des règles de sécurité. Il est des situations où un adjoint ne doit en aucun cas intervenir sans renfort. Celle-ci en faisait partie.

Un coup de feu suffit à attirer l'attention générale. Sans doute les belligérants commençaient-ils déjà à faiblir. Ensuite, Andy n'eut plus qu'à suivre la procédure normale.

Le bar était en triste état : chaises cassées, glaces brisées, deux tables renversées... Et les humains n'avaient pas meilleure allure. Un des combattants présentait une sérieuse entaille au bras gauche, un deuxième était K.O., quatre autres souffraient de contusions diverses. Comme d'habitude, Paul Shonefeld avait commencé. Ce type était né avec une âme de brute, et l'alcool ne faisait qu'accroître son agressivité. Jusque-là, il s'était toujours débrouillé pour échapper aux poursuites en remboursant les dégâts mais, cette fois, Andy en avait sa claque. Il chargea Mavis d'escorter deux blessés à l'hôpital pour qu'on leur fasse des points de suture, écouta les jérémiades du propriétaire du bar, renvoya le reste des clients chez eux, puis traîna Shonefeld, presque ivre mort, dans sa voiture. L'homme empestait le whisky et la sueur et, bien entendu, il renâcla comme un taureau furieux pendant tout le trajet jusqu'à la prison.

Andy ne discuta même pas.

Les services de police partageaient un local avec la poste. Leur côté comportait une pièce meublée de trois bureaux en fer, une salle pour les réunions et les interrogatoires et, au fond, un dernier petit réduit : pas vraiment une cellule, plutôt un genre de box avec des barreaux à la fenêtre, un lit de camp, une tinette et une porte solidement verrouillée. Shonefeld connaissait le chemin : ce n'était pas la première fois qu'il dormait aux frais de la princesse.

— J'sortirai bientôt, fanfaronna-t-il.

— Non, rétorqua Andy. En utilisant un couteau, tu as passé les bornes.

— C'est pas moi qui l'ai sorti en premier, c'était Booker. J'ai fait qu'me défendre. Personne peut dire le contraire...

— Si, moi. Et maintenant, je ne veux plus t'entendre jusqu'à demain matin. Tu raconteras le reste au juge.

86

— J'ai le droit de téléphoner..., grommela Shone-feld en se laissant lourdement choir sur le lit de camp.

Légalement parlant, c'était tout à fait exact. Cependant, cet abruti se mit à ronfler avant que quiconque ait pu lui donner satisfaction. Il était alors minuit passé. Mais, bien sûr, il restait à Andy des tonnes de paperasse à remplir...

Avec un soupir, il s'installa à son bureau. La lumière vive des néons renforçait son impression de solitude. Les décorations de Noël clignotaient dans la rue, mais plus une voiture ne passait à cette heure. Seuls le tic-tac de l'horloge et le crissement de son stylo sur le papier brisaient le silence de la nuit.

Après ce genre d'interventions musclées, Andy mettait toujours un certain temps à se détendre. Ce soir pourtant, ce n'était pas à la rixe qu'il songeait. Deux heures passées à affronter les aspects les plus déplaisants du travail de shérif, et Maggie était encore là, radieuse et printanière, dans un coin de son esprit. Merveilleuse. Unique. Inespérée.

Bien sûr, il connaissait un tas de braves gens. Mais un cœur aussi tendre et généreux que celui de Maggie était une perle rare, il le savait. Un trésor précieux. Dans l'immédiat, hélas, c'étaient moins les innombrables qualités d'âme de Maggie qui l'obsédaient que des images de leur folle étreinte en pleine nature ! Dire que sans ce satané coup de fil...

Mais au fond, cet appel avait été une bénédiction. Sans lui, il se serait laissé dépasser par les événements, alors qu'il s'était juré de ne pas précipiter les choses... De fait, si les expériences de Maggie avec d'autres hommes lui avaient appris à envisager l'amour comme un esclavage plutôt que comme une source de liberté,

elle ne risquait pas de changer d'avis du jour au lendemain ! Or il se sentait trop bien avec elle pour risquer
de tout gâcher bêtement... Non. Il fallait à tout prix
qu'il se montre patient.

Maggie enfila sa veste, empoigna résolument
l'échelle et sortit. Le soleil brillait si fort que la neige
étincelait comme un tapis de diamants, mais elle n'en
avait cure. Elle était d'une humeur de chien.

Elle planta son échelle dans soixante centimètres de
neige et appuya le haut sur l'avant-toit. Puis elle
retourna dans le garage chercher un pot de goudron et
une spatule, revint poser son matériel près de l'échelle
et se redressa, les poings sur les hanches, les yeux plis-
sés, pour examiner à contre-jour la pente raide du toit.

Tout ça, c'était à cause d'Andy !

Enfin, pas le défaut d'étanchéité du toit. La première
fois qu'elle avait découvert une flaque dans sa salle de
bains, l'été dernier, elle avait fait appel à un professionnel. Mais ce matin, elle avait aperçu une nouvelle
flaque exactement au même endroit... Comme si elle
ne savait pas qu'on ne pouvait se fier qu'à soi-même !
Certes, grimper sur un toit glissant en plein hiver
n'était guère prudent... mais le Colorado était parti
pour plusieurs mois d'enneigement ! D'où de nouvelles
fuites chaque fois qu'un soleil radieux comme celui
d'aujourd'hui ferait fondre une partie de la neige...

Bref, la fuite n'avait aucun rapport avec Andy. Mais
sa grogne, si. Maggie était toujours d'une parfaite éga-
lité d'humeur, sauf quand elle ne dormait pas assez. Or
ses cauchemars avaient redoublé cette nuit. Non, qua-
druplé. Et ça, avait-elle décidé, c'était la faute d'Andy.

Sa chaussure dérapa sur le premier barreau de l'échelle. Pestant, elle recouvra son équilibre puis, le seau dans une main et ses outils dans l'autre, elle se prépara à une nouvelle tentative.

Cette histoire d'atomes miraculeusement crochus avec Andy était absurde. Songer que, hier soir, elle s'était pratiquement jetée à sa tête au beau milieu des bois ! Un homme qu'elle connaissait à peine ! Pis encore : sur le moment, sa conduite lui avait semblé des plus naturelles...

Ce type devait avoir un truc. Un truc ignoble et perfide pour faire croire aux femmes qu'elles étaient folles de lui. Et ça la rendait nerveuse. Si nerveuse qu'elle n'avait cessé de se réveiller la nuit dernière, la gorge nouée d'angoisse et le corps tremblant.

Quant à sa théorie initiale d'amnésie postcriminelle, elle ne tenait tout simplement pas debout ! Elle en avait soupé de se creuser la tête pour tenter de reconstituer d'éventuels méfaits. Elle ne manquait pas de défauts, bien sûr. Mais jamais elle n'avait fait d'entorse sérieuse à son système de valeurs. Pourquoi aurait-elle commencé juste avant l'accident ?

Non. Ses cauchemars devaient avoir démarré — et empiré ! — à cause d'Andy. Andy, dont le sens moral — quoi qu'il en eût et quoi qu'il en dise — était au moins aussi rigide que le sien. Or l'anxiété qu'elle éprouvait à l'idée d'avoir, peut-être, commis un acte susceptible de le décevoir n'avait sûrement pas contribué à apaiser ses nuits !

Enfin. A défaut d'arriver à se débarrasser de ces horripilantes bouffées d'angoisse, réparer le toit était un problème qu'elle savait résoudre.

Sur le papier, du moins.

Car quand elle atteignit le dernier barreau de l'échelle, celle-ci faillit basculer. Peu rassurée, Maggie se rétablit, puis posa un pied sur le toit. En concevant son chalet, elle avait, logiquement, choisi d'incliner la toiture au maximum, pour réduire le poids de neige que la charpente aurait à supporter. A présent cependant, la raideur de la pente lui compliquait singulièrement la tâche.

Sous les rayons du soleil, l'essentiel de la neige avait fondu, rendant la journée très propice à une réparation. Mais la fonte avait aussi créé un ruissellement continu et entraîné l'apparition de plaques verglacées. Les semelles de ses chaussures de marche lui assuraient une bonne prise, mais le seau de goudron avait tendance à la déséquilibrer...

Une voix la fit alors sursauter, manquant de la faire déraper.

— Hé ! Maggie !

Elle se retourna, furieuse. L'aîné de ses neveux était en train de grimper à l'échelle. Il riait aux éclats, et le soleil faisait ressortir sur son menton les trois poils qu'il refusait obstinément de raser.

— Colin ! Espèce de monstre, tu m'as fichu une trouille bleue ! protesta-t-elle.

— C'est toi qui m'as fichu la trouille, tantine, quand je t'ai vue là-haut ! Tu m'as assez dit de ne jamais faire ce genre de choses tout seul.

— Oui, mais moi, je suis une grande. Tu es censé faire ce que je dis, pas ce que je fais.

Puis, jetant un coup d'œil vers le bas, elle déglutit péniblement. Seigneur ! si jamais son neveu glissait...

— Ecoute, Colin, reprit-elle, j'ai une fuite à colmater de toute urgence, mais si tu as besoin de quelque chose...

— Non, non, je passais juste comme ça. Je voulais te demander une idée de cadeau de Noël pour maman. Et puis, j'ai pensé que sortir une heure ou deux ne me ferait pas de mal.

— Ta mère est dans un mauvais jour? s'enquit Maggie, saisissant aussitôt la perche.

— Si on veut. D'abord, elle en avait après Roger. Ensuite, elle s'en est prise à moi. Et maintenant, elle s'en veut de s'être énervée sur nous... Tu vois le genre! Enfin, je ne suis pas venu t'embêter avec ça, conclut-il en reprenant son ascension. Je vais te donner un coup de main.

— Non, non! Attends, reste là! s'écria Maggie, affolée. Tout compte fait, je vais redescendre, moi aussi. Je pensais pouvoir réparer cette fuite, mais c'est vraiment trop glissant là-haut...

— Relax! Maggie. J'ai de bonnes semelles. Et ça me fait plaisir de te rendre service. Je n'ai pas oublié tout ce que je te dois, tu sais... Tu aurais dû me prévenir que tu avais besoin d'aide.

Les joues de Colin s'étaient curieusement empourprées, et Maggie se demanda ce qu'il entendait au juste par « tout ce que je te dois ». Mais le moment était mal choisi pour approfondir la question.

— Colin, non! Je suis sérieuse. Ne grimpe pas ici, c'est dangereux. Je... Oh! non... Mon Dieu.

Avec l'audace qui caractérise les adolescents, Colin avait bondi sur le toit avec une souplesse athlétique. Hélas, avec la maladresse qui caractérise aussi les adolescents, il avait, de son pied d'appui, repoussé le dernier barreau de l'échelle. Maggie eut juste le temps de voir celle-ci osciller, puis disparaître avant de s'écraser au sol avec un bruit mat.

En perdant l'équilibre, Colin avait eu le bon sens de se plaquer de tout son long contre le toit. Il se trouvait à peu près en sécurité. Pour l'instant.

— Oups ! dit-il d'un air contrit.

— Reste calme, ordonna Maggie, prenant automatiquement la voix apaisante de l'adulte responsable. Ne bouge surtout pas. Je vais trouver un moyen de nous tirer de là.

Mais, en regardant alentour, elle dut admettre que la situation n'était guère brillante. L'échelle était hors de portée, et sauter du haut des deux étages du chalet paraissait exclu, surtout pour Colin. La neige aurait beau amortir le choc, il restait encore largement de quoi se rompre le cou ! Elle préférait ne pas imaginer dans quel état se trouverait Joanna si elle avait la moindre idée des risques qu'encourait son fils...

— Je vais trouver un moyen de nous tirer de là, répéta-t-elle néanmoins avec conviction. Tiens-toi tranquille.

De fait, la priorité absolue était d'empêcher Colin de tenter un nouvel exploit.

Une demi-heure plus tard cependant, Maggie n'avait toujours pas trouvé de moyen satisfaisant de redescendre. C'est alors qu'elle vit une voiture de shérif s'arrêter devant chez elle, dans un énergique crissement de freins.

7.

— Qu'est-ce que vous fichez là-haut tous les deux ? s'époumona Andy en sortant la tête à travers la portière.

— Ça se voit, non ? répliqua Maggie. On répare le toit. D'ailleurs, on vient juste de finir. Salut, Andy.

De fait, coincés pour coincés, son neveu et elle en avaient profité pour colmater la fuite.

— Salut, gibier de potence. Et salut... Colin, c'est bien ça ?

— Ouais. Bonjour shérif.

Au grand étonnement de Maggie, Colin avait brusquement viré au rouge écrevisse. Certes, Andy avait le chic pour la rendre nerveuse, elle aussi, mais sans doute pas pour les mêmes raisons...

En tout cas, ce séjour prolongé sur le toit lui avait donné le temps d'évaluer la situation : la seule solution était qu'elle saute, puis aille remettre l'échelle en place pour Colin. La perspective de se fouler une cheville — ou pire encore — ne la réjouissait guère, mais elle n'avait plus le choix... jusqu'à l'arrivée inopinée des secours en la personne d'Andy, qui venait de sortir de sa voiture et les dévisageait d'un air exaspéré.

S'il n'avait tenu qu'à elle, il ne l'aurait jamais surprise dans une situation aussi humiliante. Mais tant pis. Le voir lui mettait quand même du baume au cœur. Oubliée sa nuit d'insomnie, oubliée sa mauvaise humeur : la mâchoire volontaire d'Andy et son regard redoutablement sexy étaient tout simplement irrésistibles.

Pour l'heure cependant, ce n'était pas elle qu'il dévisageait.

— Dis donc, Colin, tu laisses souvent ta tante se livrer à ce genre d'acrobaties ? J'ignore ce qui lui a pris de grimper sur un toit verglacé en plein hiver, mais tu ne pouvais pas essayer de l'en dissuader ?

D'un bref coup de coude, Maggie intima à Colin le silence.

— Il n'y est pour rien, assura-t-elle tandis qu'Andy redressait l'échelle. Réparer cette fuite ne lui paraissait pas une bonne idée. Il s'est juste senti obligé de m'aider.

— C'est ça. Eh bien, moi, je me sens obligé de vous engueuler ! rétorqua Andy en leur faisant signe de descendre. Colin, toi et moi allons avoir une petite discussion sur les choses de la vie. En commençant par les moments où il ne faut *jamais* écouter une femme.

— Gautier ! protesta Maggie. Je m'apprêtais à te proposer un chocolat chaud pour te remercier de ton aide, mais ton attitude est vraiment trop infecte !

— Tu entends ça, Colin ? C'est elle qui fait des âneries, et c'est le pauvre gars qui s'efforce de limiter les dégâts qui a une attitude infecte. Est-ce qu'un homme raisonnerait comme ça, je te le demande ?

— Euh... non m'sieur.

— Ah ! Ne t'avise pas de prendre son parti ! prévint Maggie.

Mais Colin pouffait déjà de rire, et Andy en profita.

— Nous sommes déjà du même parti, reprit-il. Le parti de ceux qui essaient de te sauver la peau. Il suffisait que le soleil se voile deux minutes pour que la baisse de température transforme ce toit en patinoire. Colin, n'écoute plus jamais cette demeurée...

— Demeurée ? Cette fois, Gautier, tu peux faire une croix sur le chocolat ! Et toi, Colin, ne parle jamais comme ça à une fille !

— Colin, ne parle jamais comme ça à une fille à moins qu'elle ne le mérite. Et ta tante a de la chance qu'il me faille préserver tes oreilles innocentes, sans quoi je lui aurais déjà sérieusement remonté les bretelles, avec tout le vocabulaire qui va avec !

Arrivée en bas de l'échelle, Maggie sentit les mains d'Andy sur ses hanches et, dès qu'elle toucha terre, il la retourna comme une crêpe, l'inspectant sous toutes les coutures.

— Bon sang ! tu es gelée, maugréa-t-il avant de lui assener un baiser aussi sonore qu'une claque.

Mais dès qu'Andy eut redressé la tête, son expression ne reflétait plus ni inquiétude ni colère. En une fraction de seconde, ce court baiser avait tout changé. Les yeux rivés aux siens, Maggie eut une fois de plus le sentiment que tous deux étaient seuls au monde. Pourtant, Colin était toujours là, elle avait toujours le nez et les pieds gelés, et rien n'avait bougé dans le paysage. Mais seul Andy semblait revêtir les couleurs de la vie.

Entre-temps, Colin était redescendu à son tour. Voyant leur tendre face-à-face, il en lâcha son seau de goudron.

— Euh... Maggie, je crois que je vais vous laisser, bredouilla-t-il.

— Quoi? s'insurgea Maggie, reprenant ses esprits. Pas question! Tu vas d'abord venir te réchauffer à l'intérieur. N'est-ce pas, Andy?

Sur ce, elle attrapa fermement Colin par un bras tandis qu'Andy empoignait l'autre.

Ainsi promu chaperon, son neveu n'eut toutefois pas à se plaindre qu'on le négligeait. Tandis que Maggie montait se changer, Andy prépara le chocolat tout en gratifiant Colin d'un cours particulier sur la manière de traiter le sexe opposé. Le temps que Maggie redescende, ils rigolaient comme des bossus en se racontant des histoires affreusement misogynes.

Néanmoins ravie de leur complicité, Maggie les chargea alors d'allumer un feu dans la cheminée. Hormis un ou deux professeurs, Colin, depuis la mort de son père, manquait désespérément de modèle masculin. Le malaise qu'il avait d'abord manifesté en présence d'Andy continuait d'intriguer Maggie mais, pour l'heure au moins, tous deux semblaient s'entendre comme larrons en foire...

Andy proposa ensuite de commander une pizza, mais Colin se releva alors brusquement.

— Ce coup-ci, il faut vraiment que je rentre, déclara-t-il, la mine embarrassée. Et puis, vous serez bien plus tranquilles sans moi.

— Voyons, Colin! protesta Maggie, affolée à la perspective d'un tête-à-tête impromptu avec Andy. Reste au moins manger un morceau. Je m'en veux tellement de t'avoir entraîné sur ce toit...

— Non, non... m'man va s'inquiéter. D'ailleurs, je suis censé faire des trucs pour elle, à la maison.

— Passe-lui un coup de fil, suggéra Andy. Tu n'as qu'à lui dire que tu dînes avec le shérif. J'ai une cote d'enfer auprès des mères de famille!

Finalement, ils eurent raison des résistances de Colin, et tous trois pique-niquèrent sur le tapis devant la cheminée. Maggie veilla à ne pas trop regarder Andy, Andy fit de même, et Colin et lui repartirent sur une série de plaisanteries de plus ou moins bon goût. Enfin, n'y tenant plus, Maggie les interrompit.

— A mon tour, dit-elle. Combien d'hommes faut-il pour changer un rouleau de papier toilette ?

Andy leva un sourcil entendu vers Colin.

— J'ai dans l'idée qu'elle essaie de nous rendre la monnaie de notre pièce, mais soit, voyons un peu. Quelle est la réponse ?

— C'est : comment savoir ? Cela ne s'est encore jamais produit depuis la nuit des temps !

Ses deux compagnons la dévisagèrent d'un air bovin, et elle partit d'un tel fou rire qu'elle manqua s'en étrangler. Songeur, Andy lui assena alors de petites tapes dans le dos.

— Tu vois, Colin, commenta-t-il. Ce qu'il y a de terrible avec les femmes, c'est qu'elles croient vraiment que leurs plaisanteries sont drôles.

Pour faire bonne mesure, Maggie leur donna une bourrade à tous deux, puis servit le reste de la pizza. Après quoi il n'y eut plus moyen de retenir Colin.

— J'ai appris un tas de choses ce soir, m'sieur, dit-il à Andy, s'attirant un nouveau clin d'œil complice.

Enfin, il enfila sa parka, les salua et s'éclipsa.

Aussitôt, l'atmosphère de la pièce changea du tout au tout. Sans mot dire, Andy alla jeter le carton à pizza dans la poubelle. Et comme Cléopâtre grattait à la fenêtre, Maggie sortit lui donner sa ration d'épluchures. Puis elle rentra et remit quelques bûches dans la cheminée.

— Tu as été formidable avec Colin, dit-elle enfin.

— C'est un chouette gosse. Mais je l'ai trouvé bien soucieux. Il a des problèmes en ce moment ?

— J'aurais juré le contraire. Il a eu une année difficile mais, depuis Thanksgiving, tout semble rentré dans l'ordre. J'en parlais justement hier avec ma sœur.

— Dans ce cas, peut-être est-ce ma présence qui le perturbait ? poursuivit Andy en se frottant pensivement le menton. Bah ! La plupart des adolescents se méfient des flics, c'est normal : j'étais pareil à son âge. En tout cas, je suis ravi d'avoir fait plus ample connaissance avec lui. Comme ça, s'il fait des bêtises, il hésitera peut-être moins à venir m'en parler...

— Mon Dieu ! j'espère que nous n'en arriverons jamais à de telles extrémités ! Je doute que Joanna tienne le choc si un de ses gamins s'avisait de basculer dans la délinquance !

— C'est une bien lourde responsabilité pour eux, Maggie. Tout le monde commet des erreurs, surtout les gosses. L'important, c'est de veiller à ce qu'ils en tirent les bonnes leçons à temps.

— Voilà un sage commentaire de la part d'un shérif, Gautier.

— Je passe ma vie à essayer de te convaincre de ma sagesse, répliqua-t-il avec un sourire en coin. Mais j'avoue être un peu à court d'idées : maintenant que ton neveu est parti, comment vais-je bien pouvoir t'empêcher de te jeter dans mes bras ?

— Salaud ! Traite-moi de dépravée pendant que tu y es !

— Hé ! ton passé ne recèle-t-il pas un sombre secret ?

Vaincue, Maggie sourit.

— Eh bien, rassure-toi, dit-elle, ta vertu n'aura rien à craindre pendant les cinq prochaines minutes au moins. En fait, j'allais te proposer de regarder un film. Mais je ne t'ai même pas demandé combien de temps tu peux rester...

— Au point où j'en suis, une ou deux heures de plus ne feront pas une grosse différence. Simplement, après le film, il faudra que je rentre en vitesse : il me reste un rapport à taper et, demain matin, je commence à 5 heures.

— D'accord..., dit Maggie, balançant malgré elle entre le soulagement et une pointe de déception à l'idée qu'Andy n'insisterait pas pour passer la nuit en sa compagnie. Je vais mettre du pop-corn au micro-ondes. Tu n'as qu'à choisir une cassette en attendant.

Et tandis qu'elle sortait des bières sans alcool du réfrigérateur, Andy se mit à inspecter les vidéo.

— Comment ? s'exclama-t-il, affichant une mine consternée. Je ne vois là que des films d'horreur et de violence...

— Si tu as un faible pour Bambi, trouve-toi une nièce ! rétorqua-t-elle en riant. A vrai dire, j'ai un tiroir rempli de films plus édifiants, mais j'ai présumé que tu préférerais un peu d'action.

— Tu as présumé juste. Oh ! mais tu as toute une collection de Hitchcock... Voyons, je veux bien regarder *Psychose* si tu restes sur mes genoux pour me rassurer pendant les scènes les plus angoissantes.

— Ha ! ha ! Qu'elle est bonne ! Tu la sors souvent à tes conquêtes, Gautier ?

— Non, je t'en réservais la primeur, riposta-t-il pendant que Maggie apportait le plateau dans le salon.

Il s'était déjà bien installé sur le canapé, ses pieds, en

chaussettes, sur la table basse. Mais quand il croisa son regard vaguement interrogateur, son expression redevint sérieuse.

— Maggie, tu peux t'asseoir sans crainte, assurat-il. Je t'ai dit la vérité tout à l'heure. A cette époque de l'année, j'ai toujours un surcroît de travail : il faudra vraiment que je parte tôt. Non que ça me réjouisse mais, du coup, tu ne serais pas plus en sécurité avec un moine.

Une fois de plus, le franc-parler d'Andy la désarma. Il semblait aborder toutes les situations avec la même surprenante honnêteté. N'empêche. Les intentions étaient une chose, le résultat final une autre. Mieux valait rester sur ses gardes...

Elle prit place à son côté, se tenant d'abord bien droite, puis elle finit par se pelotonner contre lui. Après tout, *Psychose* était vraiment un film terrifiant ! Scotchés à l'écran, ils engloutirent des tonnes de popcorn, échangeant parfois quelques sourires sans le moindre rapport avec l'intrigue. Plus la soirée avançait, plus le trouble de Maggie croissait. Elle était terriblement consciente de la présence d'Andy, du contact de son bras autour de ses épaules...

Par chance, il ne sembla pas s'en apercevoir. Au moment du générique, elle alla éteindre le magnétoscope, et Andy se leva aussitôt.

— Hitchcock est décidément génial ! déclara-t-il. Personne ne lui arrive à la cheville. J'en regarderais bien un autre, mais là, je dois vraiment y aller... Tu me raccompagnes à la porte ?

Pendant qu'il enfilait ses bottes et sa veste, Maggie passa déposer le saladier de pop-corn et les verres vides dans l'évier. Puis, quand il parut fin prêt, elle le rejoignit dans l'entrée et alluma la lumière... qu'il éteignit aussitôt.

Alors, dans la pénombre, il lui saisit les poignets et les glissa derrière son cou.

— O.K., dit-il d'un ton sévère. Deux minutes de câlins, pas plus. Et tu restes habillée. Voilà les règles.

— Non, mais je rêve ! De quel droit fixerais-tu les règles ? s'insurgea-t-elle, le cœur néanmoins battant. Autant te prévenir tout de suite, je n'accepte d'ordres de personne !

— Chuuut ! Avant de te mutiner, tu pourrais au moins attendre de voir si mes règles te plaisent...

Mais dès qu'il se pencha vers elle, Maggie sut qu'elle détestait les règles en question. Seigneur ! Sous ses airs gentils, Andy était décidément une crapule...

Il la plaqua contre le mur, puis s'empara farouchement de sa bouche. Son odeur virile mêlée au cuir de sa veste, ses lèvres exigeantes, ses baisers pressants étourdissaient Maggie. Contre son torse puissant, ses mamelons se crispaient à lui faire mal. Et lui qui s'acharnait à la provoquer, inventif, insistant, implacable...

Non que, jusqu'ici, ses baisers aient été du genre timoré. Ou qu'il ait soudain perdu toute emprise sur lui-même. Non, il semblait plutôt résolu à lui dévoiler un aspect plus sombre, plus sauvage de sa personnalité. La douceur pouvait être un choix. Rendre une femme folle de désir pouvait en être un autre. Dans l'immédiat, Andy semblait clairement avoir pris parti pour l'option numéro deux.

Sous la laine de son pull, Maggie était en nage. Et pourtant, débordée par la violence de ses émotions, elle se sentait étrangement frissonnante. Comme s'il s'agis-

101

sait de sa toute première expérience amoureuse, et qu'elle ne savait que faire des vagues de sensations tumultueuses qui la parcouraient. Le désir physique n'était pourtant pas une nouveauté pour elle : elle aurait juré en connaître tous les tenants et les aboutissants ! Mais, cette fois, il ne s'agissait plus d'une simple excitation de ses sens sous la caresse d'une main particulièrement experte... Brûlante du désir d'appartenir à l'homme qui l'étreignait, convaincue, somme toute, qu'elle lui appartenait déjà, elle sentait s'ouvrir en elle des portes dont elle n'avait jamais soupçonné l'existence.

Et, au fond, c'était terrifiant.

Mais voilà. Au lieu d'essayer de se tirer des griffes de ce monstre, comme une femme intelligente aurait dû le faire, elle lui rendait passionnément baiser pour baiser, caresse pour caresse, provocation pour provocation, en une spirale insensée et suicidaire.

Enfin, lentement, Andy releva la tête.

Puis il entortilla une des mèches de Maggie autour de son index.

— Nos deux minutes doivent être écoulées depuis longtemps, murmura-t-il. C'est dingue, non ? C'est toujours aussi magique... Je crois même que ça s'aggrave au lieu de s'arranger.

Maggie avala péniblement sa salive. Obscurité ou pas, elle sentait le regard d'Andy la transpercer de part en part. Qu'il l'ait voulu ou non, ils étaient allés trop loin pour reculer à présent. Mais comment le lui dire ? Elle n'avait pas l'habitude d'être aussi directe que lui dans l'expression de ses sentiments !

— Andy..., commença-t-elle, hésitante. Je ne suis pas une allumeuse, tu sais... Ça m'ennuie de te mettre dans des états pareils pour rien.

— Et moi, Maggie, répliqua-t-il, ça m'ennuierait de te forcer la main. De surcroît... j'ai la nette impression qu'à dater du jour où l'on fera vraiment l'amour, le monde ne sera plus jamais comme avant.

C'était absurde. Et pourtant, elle partageait ce sentiment! Mais les choses pouvaient-elles être aussi simples?

— Ecoute, insista-t-elle, il faut quand même que je te dise quelque chose...

— D'accord : je t'écoute.

— Eh bien, je ne sais pas trop ce que tu attends de moi... mais je n'ai jamais été douée pour la vie de couple. J'ai déjà été amoureuse deux fois. Raide amoureuse. Et les deux fois, ça n'a pas marché à cause de moi.

— Sans blague? Je croyais qu'il faut être deux pour faire un couple. Mais, dans ton cas, tout est toujours forcément ta faute, n'est-ce pas?

— Andy, je suis sérieuse. A l'époque, je pensais vraiment que tout marcherait comme sur des roulettes. Mais je suis sans doute trop indépendante, ou trop égoïste... Toujours est-il que, dans les deux cas, je me suis retrouvée face à un homme qui m'avait prise pour quelqu'un d'autre.

— Maggie, tu crois que j'en veux à ta liberté?

— Non, mais... les hommes aiment se sentir indispensables. Or je crains d'avoir du mal à te donner l'impression que tu m'es aussi nécessaire que tu le souhaiterais peut-être...

— Tu mélanges deux choses, je crois. Pour ce qui est de ton indépendance, je la respecte et je l'admire. Mais je ne suis pas sûr d'être d'accord avec ta conception de l'autonomie. J'ai trouvé ta petite expédition sur

le toit extrêmement dangereuse. Et j'estime effectivement que t'aimer me donne le droit de protester chaque
fois que je te surprendrai en train de tenter quelque
chose d'aussi risqué.

— J'admets que grimper sur ce toit était stupide,
reconnut-elle avec un faible sourire. Mais moi aussi je
me réserve le droit de protester si j'estime que tu
prends des risques inutiles !

— Parfait. Maintenant, pour ce qui est d'être indispensable à quelqu'un... j'ai déjà connu ça. Or mon travail compte énormément pour moi, Maggie. Et je ne
peux pas entretenir des relations harmonieuses avec
une femme qui panique dès qu'on m'appelle en pleine
nuit. C'était le cas de mon ex, et ça m'a rendu aussi
malheureux qu'elle. Alors, si jamais mon métier te
pose le moindre problème, je préfère que tu me le dises
tout de suite.

— Aucun problème... je t'assure.

— Dans ce cas... il me semble qu'avoir besoin de la
personne qu'on aime n'a rien de malsain. Le tout, c'est
de ne pas compter sur elle pour résoudre nos propres
problèmes, ou pour savoir à notre place ce qui nous
rend heureux. D'ailleurs, on peut se sentir très seul
quand on vit avec quelqu'un qui ne vous comprend
pas. A ce moment-là, autant rester célibataire. C'est
plus simple.

Maggie hocha la tête. Elle partageait entièrement cet
avis !

— Mais... pouvoir compter sur quelqu'un, reprit
Andy, ça n'a rien à voir avec le besoin ou la dépendance. C'est une question de confiance. De savoir
qu'on ne se retrouvera pas seul en cas de coup dur.
Personnellement, je ne vois pas ça comme une fai-

blesse. Je vois plutôt ça comme le meilleur côté de l'amour.

— Bon sang, Gautier! s'exclama Maggie, émue aux larmes. Arrête ou je vais pleurer! Je parie que tu le fais exprès : c'est ta dernière stratégie pour m'inciter à te sauter dessus?

— Hum! Essaie juste de rester dans les mêmes dispositions d'esprit jusqu'à notre prochaine rencontre..., répliqua-t-il en l'embrassant sur le bout du nez.

8.

Rester dans les mêmes dispositions d'esprit... Et puis quoi encore! songea Maggie le mardi suivant.

Les yeux rivés à son écran d'ordinateur, les doigts galopant sur le clavier à plus de cent à l'heure, elle fronçait les sourcils. Comme si elle avait la tête à séduire Andy! D'ailleurs, elle ne pensait même plus à lui. Ah! mais!

Elle avait revêtu sa tenue de travail hyperurgent : un vieux jogging blanc troué sur la fesse gauche. Le répondeur était branché, le vent soufflait si fort depuis le début de la matinée qu'elle avait dû fermer les volets, et un écriteau sur sa porte menaçait des pires représailles quiconque oserait la déranger. Une date limite approchait. Dans moins d'une semaine, il lui faudrait se rendre à Boulder avec un nouveau manuel fin prêt à remettre à ses employeurs...

Mais elle avait toujours mieux travaillé dans l'urgence. De toute façon, elle connaissait ses collègues ingénieurs comme des frères : tous étaient extraordinairement brillants, mais infichus de communiquer avec des profanes. A défaut de traduction préalable, le jargon professionnel dont ils émaillaient leurs explications aurait irrémédiablement désarçonné les clients. Sans parler de leur emploi souvent défaillant des participes ! Bref, ils avaient besoin d'elle, et elle valait son pesant d'or. Ce qu'elle leur avait clairement signifié... Elle n'aurait juste jamais cru qu'ils la prendraient au mot ! Des années plus tard, le montant de sa rémunération l'émerveillait encore.

Le téléphone sonna. Maggie l'ignora. Des assiettes s'empilaient dans l'évier et quinze centimètres de neige fraîche encombraient le seuil de sa porte mais, pour ce genre de marathon, l'immersion totale était son seul mode de fonctionnement. Les autres aspects de son existence n'avaient plus qu'à aller se faire pendre.

Hélas, il semblait qu'il y eût une légère exception aujourd'hui. L'image d'Andy s'imposait sans cesse à son esprit. Andy... son sourire nonchalant, son regard pénétrant... et l'électricité qui jaillissait entre eux au moindre contact !

Oui, Andy et elle avaient tant en commun... Trois nuits de suite, elle avait fait les cent pas dans sa chambre, tentant d'analyser ses sentiments à son égard. La violence de l'attrait qu'elle éprouvait pour lui n'avait certes rien de rassurant, mais jamais elle n'avait ressenti une telle communion d'esprit avec qui que ce soit. Sa présence à ses côtés semblait toujours si naturelle, si évidente... Bref, tout allait bien.

Trop bien.

La sonnerie du téléphone cessa, et le répondeur s'enclencha. Sans doute un télévendeur, songea Maggie, agacée. Mais cinq minutes plus tard, le téléphone retentit de nouveau. Elle l'ignora encore, jusqu'à ce qu'un message se fasse entendre : « Maggie ? Maggie, c'est Joanna. Si tu es là, décroche, je t'en supplie. »

Bondissant hors de son siège, Maggie se rua sur l'appareil.

— Joanna? Je suis là, ma chérie.

— Maggie, je suis confuse de te déranger. Je sais que tu travailles et...

— Ne t'inquiète pas pour ça, tu ne me déranges pas du tout, coupa Maggie, alarmée par la voix étrangement pâteuse de sa sœur.

— Ecoute, j'ai un problème avec la voiture. Je suis en ville, à côté de Mulliker's... Je ne sais vraiment plus quoi faire.

— Bon. Va te mettre au chaud quelque part, disons chez June, et commande-toi un café. J'arrive tout de suite.

Sur ce, Maggie raccrocha et, pour ne pas perdre de temps à se changer, enfila un long manteau qui dissimulait le trou de son jogging.

Un quart d'heure plus tard, elle tournait en rond dans le centre-ville. Elle trouva enfin à se garer, puis se mit à courir vers la cafétéria où elle avait donné rendez-vous à sa sœur. Les trottoirs étaient noirs de monde. Des chants de Noël résonnaient d'un bout à l'autre de l'artère principale, et même les poteaux indicateurs avaient été ornés d'énormes rubans rouges. Cependant, Maggie était à mille lieues de songer à Noël. Elle ne pensait qu'à rejoindre Joanna.

Pourtant, comme elle attendait à un feu en face de Mulliker's, son regard s'arrêta machinalement sur une des vitrines. Un blouson de cuir y était exposé. Un blouson à la mode et à coup sûr ruineux, qu'un adolescent eût sans doute proclamé « Cool, Raoul », mais qui, aux yeux de Maggie, n'avait vraiment rien d'extraordinaire. Rien, en tout cas, qui puisse justifier que son estomac se noue soudain et que ses jambes flageolent comme si elles étaient en coton !

Une fraction de seconde, elle crut qu'elle allait se trouver mal. Puis le feu changea de couleur et des piétons impatients la bousculèrent, lui lançant des regards peu aimables.

Mortifiée, Maggie leur emboîta promptement le pas. Comment un banal blouson pouvait-il la mettre dans un tel état ? Personne de sa connaissance n'en portait de semblable, et cet objet ne lui rappelait absolument rien !

Puis elle songea à Andy, Andy qui l'appelait « gibier de potence », et qui se sentait toujours obligé de la taquiner pour détourner son esprit de ses angoisses et de ses sentiments de culpabilité. Or Dieu sait qu'il y arrivait à merveille !

Mais justement. Cela ne réduisait-il pas d'autant ses chances de recouvrer la mémoire ?

Car Andy avait beau en rire, son instinct s'obstinait à lui souffler qu'elle avait fait quelque chose de mal. Après tout, peut-être Andy refusait-il tout simplement de voir la vérité en face ? Oui. Et si la féerique alchimie de leurs relations ne reposait que sur cet aveuglement délibéré d'Andy ? se demanda-t-elle en arrivant devant chez June. Combien de temps tout cela pourrait-il encore durer ?

Hélas, ses tentatives d'autoanalyse ne la menaient décidément nulle part. Et, pour l'heure, mieux valait se concentrer sur un problème plus immédiat : sa sœur.

L'intérieur de la cafétéria était bondé, et l'atmosphère qui y régnait était bien de saison. Un Père Noël sirotait un chocolat chaud au comptoir pendant qu'un autre dégustait une tarte aux pacanes. Des paquets enrubannés encombraient les espaces entre les tables, et des tonnes d'anoraks et de parkas s'entassaient sur les portemanteaux, le tout dans une délicieuse odeur de petits pains chauds et de cannelle. Mais foule ou pas foule, Maggie repéra d'emblée Joanna : elle semblait si fragile et désemparée au milieu de toute cette animation !

Se frayant un chemin jusqu'au fond de la salle, Maggie la rejoignit et s'assit en face d'elle.

— Tu as eu un problème mécanique ? s'enquit-elle.

Joanna secoua la tête, le regard vague.

— Eh bien, tant mieux ! reprit Maggie. Parce que, à part t'escorter chez un garagiste, je n'aurais pas pu grand-chose pour toi !

— Ecoute, j'ai juste besoin qu'on me raccompagne à la maison, expliqua Joanna avec lenteur. Ça me gênait de t'en parler au téléphone, mais je ne suis vraiment pas en état de conduire... et je ne voulais surtout pas que les garçons l'apprennent.

— Je vois..., soupira Maggie, atterrée. Bon sang ! depuis quand bois-tu en plein milieu de la journée ?

— Ça ne m'était encore jamais arrivé, je t'assure. Mais, en me réveillant ce matin, j'étais si nerveuse et j'avais tant de choses à faire... J'ai juste pensé qu'un verre ou deux m'aideraient à me concentrer. Ça a marché, d'ailleurs. Mais je n'ai pas pris le temps de prendre un petit déjeuner, je suis sortie faire mes courses... et au moment de reprendre ma voiture, j'ai eu l'impression que tout tournait autour de moi.

Joanna méritait des claques, bien sûr. Sauf que Maggie n'avait jamais réussi à se fâcher sérieusement contre elle. Et, cette fois encore, elle se sentait plus impuissante qu'en colère. Qui parviendrait jamais à mettre un peu de plomb dans la tête de son aînée ?

— Tu te sens barbouillée ? questionna-t-elle. Si tu as besoin de manger un morceau, je peux aller te chercher quelque chose au comptoir.

— Mon estomac se porte comme un charme... Comment va-t-on faire pour la voiture ?

— Ne t'inquiète pas, on prendra la tienne : je me débrouillerai pour récupérer l'autre plus tard.

Comment, elle n'en avait pas la moindre idée. Mais résoudre ce genre de problème, au moins, lui semblait à sa portée.

— Maggie, reprit Joanna, au bord des larmes, je suis vraiment désolée...

— Allons ! Tu ne vas pas en faire un drame ! Tu te souviens du jour où j'ai voulu préparer un gâteau au sherry ? J'ai fini tellement pompette que je m'étonne encore de ne pas avoir fait brûler la cuisine !

— Tu dis ça pour me faire rire... mais tu avais douze ans à l'époque. Or moi, je ne suis plus une gamine.

— Très juste. Alors, la prochaine fois que tu auras envie de boire, appelle-moi : ce sera plus drôle à deux. Je t'en prie, ne recommence plus toute seule... D'accord ?

— C'était la première fois, Maggie, je te jure. Je ne bois jamais devant les garçons, tu devrais le savoir.

Maggie n'eut aucune peine à la croire. Joanna avait toujours été une mère exemplaire. Si seulement la mort de Steve ne l'avait pas tellement perturbée...

— Dans ce cas, n'en parlons plus, répliqua-t-elle. Tu connais des gens qui ne font jamais de bêtises ?

— Oui, toi, répliqua sombrement sa sœur.

— Enfin, Joanna ! Bien sûr que j'en fais aussi... Et plus souvent qu'à mon tour ! Allons, voyons si tu arrives à tenir debout. Je me charge de tes paquets. Et tu n'as qu'à dire aux garçons que leur tante les invite à dîner ce soir. Ça te fera des vacances !

— Tu viens toujours à mon secours...

Comment faire autrement ? songea tristement Maggie. Pourtant, comme elle entraînait Joanna vers la sortie, un des commentaires d'Andy lui revint. Après tout, peut-être n'avait-il pas tout à fait tort : peut-être certaines personnes n'osent-elles jamais prendre leur vie en main tant qu'il reste auprès d'elles quelqu'un pour les porter. Mais Andy travaillait avec des criminels. Joanna, elle, était sa sœur. Pouvait-elle l'abandonner à son sort ?

Andy était éreinté. Il avait encore eu une journée épouvantable ! A 2 heures du matin, les Bailey s'étaient offert une nouvelle scène de ménage. Cette fois, Mary s'était ruée sur Ed avec une poêle en fonte. Mais, comme d'habitude, lorsque Andy était arrivé chez eux, Ed — dans un sursaut de fierté masculine — avait refusé de porter plainte. Ensuite, des exercices de sécurité à l'école primaire avaient occupé toute sa matinée. Puis il n'avait pas arrêté de l'après-midi. D'abord, quelqu'un avait repéré Griff Windsor au bord de la nationale, en bras de chemise. De fait, Griff disjonctait au moins une fois par an, mais White Branch ne comptait pas assez d'habitants pour s'offrir un psychiatre à plein temps. Après quoi, il avait encore eu droit à deux voleurs à l'étalage, pour finir par un carambolage entre trois voitures, qui l'avait obligé à faire appel aux pompiers.

Il était maintenant 23 heures, et il aurait dû être chez lui, en train de dormir : quand il n'avait pas son quota d'heures de sommeil, il devenait plus grincheux qu'un blaireau. Pourtant, les mains dans les poches, ses bottes crissant agréablement dans la neige, il continuait de marcher.

Le vent était tombé, et la lune éclairait les toits enneigés. A cette heure, les rues étaient désertes. Dans ces moments-là, la ville lui appartenait.

Il n'avait aucune raison de patrouiller : John était de garde pour la nuit. Mais le silence, l'air frais et revigorant, la lumière chaude des vitrines l'apaisaient. Peu à peu, il se détendait.

Il tourna au coin d'une rue, puis s'arrêta net. La voiture neuve de Maggie était le seul véhicule en vue. On entendait des bruits derrière : des raclements métalliques et une voix féminine qui jurait comme un charretier.

L'adorable postérieur de Maggie jaillit soudain de derrière la voiture. Pas d'erreur possible : il l'aurait reconnu entre mille... Puis Maggie se redressa, de profil, la mine exaspérée, avant de se pencher de nouveau.

Andy s'était toujours cru totalement dépourvu du sens de l'humour dans ses moments de fatigue, mais Maggie était décidément un être à part... Amusé, il se rapprocha pour mieux voir. Apparemment, la jeune femme s'efforçait d'accrocher une miniremorque à l'arrière de son véhicule. Une motoneige — sans doute destinée à prendre place sur la remorque — était garée à côté. En plein jour, l'arrimage aurait été un jeu d'enfant mais, au clair de lune, ce genre d'opération devenait une autre paire de manches.

Maggie était si absorbée par sa tâche qu'elle ne l'avait même pas entendu approcher.

— Dis donc, gibier de potence, tu prépares un véhicule de repli pour ton prochain hold-up ? ironisa-t-il.

Elle sursauta avec un cri perçant, puis se tourna vers lui, une main sur la poitrine. A vrai dire, elle avait l'air moins surprise que coupable. Elle lui adressa néanmoins un regard soulagé.

— Aujourd'hui, je n'ai pas eu une seconde pour braquer la moindre banque, riposta-t-elle. Mais j'aurais dû me douter que tu finirais par me surprendre en train de violer la loi !

— C'est ce que je n'arrête pas de vous répéter, à vous autres criminels : tôt ou tard, on vous prend toujours la main dans le sac. Ceci étant, je ne vois pas très bien quel crime tu penses être en train de commettre...

— Aucun, dans l'immédiat. Mais j'ai traversé le centre-ville en motoneige, or je sais bien que c'est interdit. Tu comprends, j'ai dû reconduire ma sœur chez elle dans sa voiture, et donc laisser la mienne sur place. Après quoi, il a fallu que je trouve un moyen de la récupérer. Alors, j'ai attendu que toutes les boutiques ferment, en espérant que le bruit de mon engin ne dérangerait personne. Ensuite, il ne me restait plus qu'à accrocher la motoneige à ma voiture, et le problème était censé être réglé.

— Attends, j'ai du mal à suivre. Ta sœur a eu un problème et tu l'as dépannée : c'est ça le nœud de l'histoire ?

Puis, sans attendre la réponse, Andy se pencha en avant. Avec ou sans lumière, il avait accroché assez de remorques dans son existence pour le faire les yeux fermés, et s'il attendait que Maggie demande un coup de main, il risquait fort de prendre racine. De toute manière, il n'avait pas besoin de davantage de précisions. Maggie semblait toujours prête à se précipiter à la rescousse de son aînée. Qu'elle-même se retrouve ensuite dans des situations invraisemblables ne semblait gêner ni l'une ni l'autre.

— En gros, c'est ça, acquiesça Maggie en l'aidant à charger la motoneige sur la remorque. Mais je comprendrais très bien que tu me colles un P.V. pour avoir conduit cette motoneige en ville.

— Bah! A l'approche de Noël, il m'arrive de fermer les yeux sur certaines infractions, répliqua-t-il avec une solennité feinte. Bien sûr, ce serait différent si je te croyais capable de t'amender... mais je vois bien que tu es une criminelle endurcie!

Hélas, Maggie semblait totalement imperméable à son humour.

— Ecoute, Andy, insista-t-elle, je ne veux pas bénéficier d'un régime de faveur. J'ai pris mes responsabilités, je savais ce que je risquais. Je ne me suis jamais attendue à ce qu'on fasse des exceptions pour moi sous prétexte que j'ai des accointances dans la police locale.

— Pour l'amour du ciel, Maggie! soupira-t-il. Ça m'étonnerait que ce genre de favoritisme soulève beaucoup d'indignation chez nos concitoyens! Quant à tes relations avec la police locale, si seulement tu voulais bien te décider à faire quelque chose qui mérite que je te passe les menottes, je te jure que je ne te louperais pas.

— Hum! Des promesses, toujours des promesses... Méfie-toi, je vais finir par me sentir obligée de provoquer du grabuge!

Contournant la remorque, elle le rejoignit, se dressa

sur la pointe des pieds et déposa sur ses lèvres un léger baiser.

— En matière de grabuge, tu es déjà une championne, grommela Andy, tout retourné. Inutile d'en rajouter. Tu avais une raison particulière de m'embrasser?

— L'amour, la passion. Et peut-être aussi te remercier de m'avoir aidée à accrocher cette saleté! Bien que j'aie horreur de voir des hommes s'en tirer mieux que moi.

— Entendu. Dorénavant, j'essaierai de veiller à ne surtout plus t'aider. Et à propos de corruption...

— Plaît-il? Qui a employé le mot corruption?

— Enfin, Maggie, réfléchis : tu as enfreint la loi! Tu n'espères tout de même pas que je vais passer l'éponge juste parce que je suis fou amoureux de toi? Tu vas devoir me soudoyer... A vrai dire, je songeais à un arbre de Noël.

Maggie s'était figée en l'entendant avouer qu'il était fou amoureux d'elle. Elle lâcha néanmoins un petit rire avant de répondre.

— Andy, je t'adore, mais tu dois être bien fatigué. Je ne vois vraiment pas le rapport entre un pot-de-vin et un sapin.

— Tu as l'habitude d'en faire un?

— Un sapin de Noël? Non. Pas depuis la mort de mes parents. Joanna s'en charge — pour les enfants — et, en général, on décore ensemble sa maison. Mais pour moi toute seule, quel intérêt? Je mets juste quelques guirlandes, histoire de marquer le coup.

— Moi, c'est pareil depuis mon divorce. A quoi bon s'embêter avec un arbre si c'est pour le regarder tout seul comme un idiot? Mais je me disais que, cette année, j'aimerais bien en avoir un, si j'arrivais à te persuader d'aller le couper avec moi... Ce serait plus drôle à deux !

— Ma foi, répliqua Maggie d'un air malicieux, il ne doit pas être impossible de me convaincre.

Puis elle regarda leurs mains, comme étonnée de les découvrir entrelacées.

Andy, lui, n'en était pas le moins du monde surpris. Tenir les mains de Maggie dans le silence de la nuit lui semblait aussi naturel que de respirer, et respirer lui semblait aussi naturel que la force du désir qui s'emparait d'eux à d'autres moments. Cet hiver, il avait envie d'un sapin parce que ce n'était pas un hiver comme les autres, voilà tout. Et la différence, c'était l'irruption de Maggie dans sa vie.

Il avait toujours pensé à Noël comme à une fête familiale, avec des gamins se faufilant sous l'arbre pour jeter un coup d'œil aux cadeaux... Mais, dans l'immédiat, il imaginait bien une famille de deux. Maggie et lui. Pour commencer.

— Samedi matin, ça t'irait, pour l'arbre ? proposa-t-il.

— Samedi ? Pas de problème. Mais te rends-tu compte qu'il n'est pas loin de minuit et qu'on reste plantés là à se tenir les mains par moins quinze ?

— Oui, c'est vraiment stupide.

— Disons plutôt déraisonnable.

Mais elle ne fit pas un geste pour se libérer. Et puisqu'elle ne semblait pas pressée de le quitter, Andy décida de continuer à tâter le terrain.

— Tu as l'habitude d'aller à l'église ? s'enquit-il.

— En voilà une drôle de question à poser de but en blanc ! La religion fait partie de ces sujets qui fâchent...

— Justement. Comment veux-tu que je connaisse ta position sur des questions aussi délicates si tu ne m'en dis rien ?

— Eh bien... en grandissant, je suis devenue plutôt mécréante, et je comptais bien le rester — tu connais mon faible pour le péché ! En fait, mes croyances ne semblaient jamais coïncider avec celles des Eglises officielles. Et puis, le mari de Joanna a eu son cancer, et le pasteur Gustofson nous a beaucoup aidés. Du coup, je ne sais pas trop comment il s'est débrouillé, mais je me retrouve presque toutes les semaines au culte.

— Oui, c'est vraiment un type formidable, approuva Andy.

— A ton tour maintenant. As-tu des convictions bien arrêtées en matière de religion ou de spiritualité ?

— En matière de spiritualité, sans doute. En matière d'Eglises, c'est une autre histoire. On m'a élevé dans l'idée que la foi est une affaire personnelle : qu'on peut méditer tout seul dans les bois, prier à sa manière. Mon père avait coutume de dire que personne ne peut vous forcer à vous poser les vraies questions sur le bien et sur le mal. Qu'il faut que ça vienne de l'intérieur. Mais...

— Mais ?

— Mais je finis toujours par passer dans une église ou une autre le dimanche. Du fait de mon travail, je connais bien tous les prêtres et les pasteurs des environs. Quand un gamin perd les pédales, mieux vaut collaborer étroitement avec tous ceux qui sont susceptibles de l'aider à retrouver le droit chemin ! Je ne peux pas dire que j'appartiens à une congrégation particulière, mais je me sens plus à l'aise qu'autrefois dans un lieu de culte. Ça te choque ?

— Pas du tout. Hem... tu avais une raison spécifique d'aborder cette question ce soir ?

— Non. Il me semble juste qu'un homme et une femme courent au-devant de graves ennuis s'ils se dissimulent leurs sentiments profonds sur les questions essentielles. Je doute que deux êtres puissent croire exactement en la même chose, mais à quoi rime une relation où l'on ne peut pas parler de ce qui nous tient à cœur ?

— Tu deviens terriblement sérieux, Gautier.

— Ma foi, je t'ai peut-être donné l'impression que je ne pensais qu'à coucher avec toi... mais je me suis aussi dit qu'aborder un ou deux thèmes sérieux de temps en temps augmenterait mes chances que tu me prennes pour un type bien.

— Andy ? dit-elle en se dressant de nouveau sur la pointe des pieds. Tu *es* un type bien.

Il eut droit à un baiser à faire fondre un iceberg. Puis il se résolut à pousser Maggie dans sa voiture avant qu'elle ne se transforme en stalagmite, et resta debout sur le trottoir jusqu'à ce que ses phares aient disparu dans la nuit.

Maggie avait raison. Il était en train de devenir bougrement sérieux. Mais elle ressemblait tellement à son idée de la femme idéale ! On aurait juré la moitié manquante de son puzzle personnel. C'était si inespéré qu'il n'osait toujours pas y croire...

Et il osait encore moins penser à ce qui se passerait si leurs conceptions de l'existence ne pouvaient s'accorder !

9.

— Ce sapin-là ira très bien, Maggie.

— Pour la Maison Blanche, oui. Tu as quatre mètres de hauteur de plafond chez toi?

— Tu exagères. Il n'est pas si grand que ça.

— Mets-toi juste à côté, Andy, tu verras. Les arbres paraissent toujours petits dans une forêt.

— De toute façon, la hauteur n'est qu'un détail : l'essentiel, c'est la forme. Or celui-là est parfaitement symétrique.

En désespoir de cause, Maggie prit le ciel à témoin.

— Seigneur! Pourquoi faut-il que les hommes s'imaginent toujours avoir raison?

Un amas de neige fraîche s'écrasa aussitôt sur son épaule. L'événement était d'autant plus surprenant que, depuis le début de cette journée magnifiquement ensoleillée, il n'y avait pas eu un souffle de vent.

— Viendrais-tu de m'envoyer un projectile, Gautier? s'enquit-elle en pivotant sur ses talons.

A un mètre d'elle, Andy tassait vigoureusement une poignée de neige entre ses mains.

— Si tu veux vraiment savoir ce qu'est un projectile..., commença-t-il.

Il n'eut pas le temps d'achever sa phrase que Maggie l'avait déjà atteint d'une boule en pleine poitrine. Puis, croisant son regard peu amène, elle préféra prendre ses jambes à son cou.

— Je te préviens, cria-t-elle, si tu t'approches de moi, je porte plainte !

— Tu portes plainte ? Contre quoi ?

— Qu'est-ce que j'en sais ? C'est toi la police. Tu dois bien avoir une idée sur la question.

Mais la seule idée qu'il trouva fut celle, fort peu galante, de se ruer sur elle pour lui faire un plaquage qui l'envoya s'écraser face la première dans un monticule de neige.

— Argh ! Tu vas me payer ça ! s'exclama-t-elle en s'essuyant le visage.

A l'évidence peu impressionné par cette menace, Andy bâilla ostensiblement, et toutes les fibres féministes de Maggie en frémirent. A elle seule, l'impertinence de ce bâillement aurait suffi à justifier une guerre à outrance ! Mais malgré ses projets de croisade, Maggie resta encore un moment au sol, fascinée par la silhouette d'Andy qui se découpait sur un ciel bleu pur et par ses yeux pétillant de malice.

Un irrésistible élan d'affection la réchauffa... joint à un inexplicable malaise face au fait accompli. Car Andy semblait désormais faire irrémédiablement partie de son existence... et de sa définition de l'amour !

N'empêche. Dans l'immédiat, son affront ne pouvait rester impuni. Une poignée de neige dans chaque main, elle se releva et se mit en chasse.

Leur expédition pour le sapin ne devait en principe prendre qu'une ou deux heures de la matinée. Mais ils avaient passé tant de temps à jouer que, lorsqu'ils ramenèrent l'immense arbre chez Andy, l'après-midi était déjà bien avancé. Tous deux étaient frigorifiés, affamés et épuisés. Andy ouvrit la porte de sa maison, traîna la moitié du sapin à l'intérieur, jeta un coup d'œil dans le salon, puis grommela :

— Zut ! ça ne rentrera pas.

— Si j'avais moins de tact, je te ferais remarquer que je l'avais bien dit..., commenta Maggie, hilare.

— Encore un mot et je te renvoie chez toi à jeun !

Bien qu'il eût employé le ton de la plaisanterie, Maggie renonça à le taquiner et l'aida à rentrer son arbre. Puis Andy prépara de gigantesques sandwichs club et deux bols de café fumant. Après quoi il se décida — enfin ! — à lui faire visiter sa demeure...

Nichée entre des collines qui la protégeaient des regards indiscrets, sa maison se trouvait à cinq kilomètres du centre-ville. Mais le plus intéressant était indubitablement ce que son aménagement intérieur révélait de la personnalité d'Andy.

Pour Maggie, la cuisine aurait eu besoin d'une couche de peinture : de n'importe quelle couleur, pourvu qu'elle masque le vert pois préexistant. Andy l'avait néanmoins remarquablement aménagée, avec un double congélateur, un four à micro-ondes tout neuf près du vieux fourneau et une grande table de bois clair. Celle-ci était judicieusement placée de manière à profiter du soleil matinal, et de la vue des trembles qui bordaient le terrain.

L'ensemble respirait la simplicité, tout en étant pratique et très confortable. La salle d'eau du rez-de-chaussée était sobrement carrelée de blanc, mais regorgeait d'immenses serviettes-éponges cramoisies. A côté, une minuscule chambre d'amis, d'une propreté rigoureuse, s'ornait de meubles rustiques et d'une courte-pointe indienne matelassée dans des tons noir et or.

Andy surveillait Maggie du coin de l'œil, comme s'il attendait ses réactions.

— Je t'avais prévenue que cette maison n'a rien d'extraordinaire, dit-il enfin.

— Tu aurais surtout dû m'avertir qu'on n'y trouve pas un gramme de poussière. Quand je pense que je t'ai laissé voir mon fourbi ! C'est ici que tu habitais avec ta femme ?

— Non. Mon ex avait la manie des réceptions : il lui fallait un grand salon, un décor plus tape-à-l'œil... J'avais quelques économies au moment du mariage, mais elles sont toutes passées dans notre maison. Et ensuite, cette baraque était bien trop grande pour moi tout seul. D'ailleurs, je ne m'y suis jamais senti vraiment chez moi. Quant à cette maison-ci...

— ... cette maison-ci a un bon karma, compléta Maggie.

— Crois-tu ? J'avoue ne pas être très calé en « karma »...

— Moi si ! Malgré un indéniable côté tanière de vieux garçon, c'est un vrai foyer, pas seulement une maison. Elle est chaleureuse, accueillante : on se sent bien dès qu'on entre dedans... Allons, montre-moi la suite, conclut Maggie en s'engageant sur l'étroit escalier qui menait à l'étage.

En haut, elle découvrit une seconde salle de bains, un bureau lambrissé de cèdre et la chambre principale. De manière typiquement masculine, Andy ouvrait et refermait les portes à toute allure, sans trop lui laisser le temps d'observer. Elle marqua néanmoins un temps d'arrêt sur le seuil de la chambre.

Le style austère d'Andy y était encore plus marqué qu'ailleurs. Tout était impeccablement rangé : pas un vêtement ne traînait. Et la peinture gris perle des murs avait du moins le mérite de ne pas jurer avec les bruns chauds du couvre-lit...

Le regard de Maggie s'attarda un instant sur le matelas, bien trop grand pour une seule personne. Qu'il devait être doux de s'y réveiller auprès d'Andy ! Par chance, un objet accroché au montant du lit détourna son attention de ces périlleuses pensées. Il s'agissait d'un piège à rêves : le premier bibelot qu'elle repérait chez lui.

— Ça marche ? s'enquit-elle, songeuse. Ça retient vraiment les rêves pour qu'on ne les oublie pas ?

— Pour le savoir, il faudrait que tu dormes ici, répliqua-t-il d'un ton taquin. D'ailleurs, si tu veux tester le lit pour voir comment il est...

— On ne t'a jamais dit qu'il est dangereux d'inviter dans sa chambre des individus d'une moralité douteuse ?

— Justement. J'ai hâte de voir ton immoralité à l'œuvre !

Maggie se sentit rougir. Un comble ! Ce n'était pourtant pas la première fois qu'Andy la provoquait — verbalement et physiquement. Tout ça pour finir par se comporter en vrai gentleman... Enfin, restait à voir si elle le laisserait lui refaire le coup du gentleman, cette fois !

Oui, mais... serait-elle à la hauteur ?

Cette idée la déprima.

— Tu risques d'être déçu, tu sais, murmura-t-elle.

— Maggie, il neigera en plein désert avant que tu me déçoives, répondit-il, recouvrant tout son sérieux.

Et maintenant, pourrais-tu essayer de penser dix minutes à autre chose qu'au sexe? On a un sapin à installer, il me semble.

C'était vrai. Il restait un mètre de tronc à supprimer, et les branches du bas à couper. Un travail de titan qui, comme on pouvait s'y attendre, ne tarda pas à chasser tout érotisme de l'atmosphère, et s'accompagna de force imprécations de la part d'Andy. Du reste, pendant toute son enfance, Maggie avait entendu exactement les mêmes jurons dans la bouche de son père chaque fois qu'il se livrait au rituel annuel et viril de la préparation du sapin...

Enfin, à la nuit tombée, Andy put dresser l'arbre près de la fenêtre du salon. Maggie entreprit alors de chercher un nouvel emplacement aux deux fauteuils qu'il avait fallu repousser, ce qui lui donna l'occasion de mieux étudier la pièce.

Les murs étaient revêtus de frisette de pin, et les tons d'écorce du canapé et des fauteuils étaient ravivées par un beau tapis indien ocre et vert. Sur des étagères s'alignaient plusieurs rangées de livres traitant de divers aspects de la culture indienne : médecine, folklore, mysticisme. Andy avait dû confectionner lui-même la table basse, dont le plateau de verre protégeait une collection de pointes de flèches, de grattoirs et de couteaux en silex, disposés en cercle autour de deux superbes calumets de la paix.

— Ces calumets ont vraiment l'air ancien, commenta Maggie.

— Ils le sont. Un gars du musée est passé les expertiser. D'après lui, la pipe en terre a facilement mille ans. Tout ça me vient de la famille de mon arrière-grand-mère.

— On dirait qu'une des pointes est en obsidienne ?

— Bien vu. C'est un vrai bijou, n'est-ce pas ? Jadis, les Indiens n'utilisaient pas d'argent. Ils préféraient troquer des objets de valeur. Une flèche en obsidienne était le prix à payer pour une jeune fille à marier.

— Hum ! J'en céderai volontiers une pour l'homme de ma vie, mais comment se fait-il que les maris n'aient jamais été à vendre ? C'est trop injuste !

— Peut-être parce que nous sommes plus grands, plus forts et plus malins que vous ?

Maggie le menaça des pires représailles s'il continuait à professer cette hérésie, mais elle préféra remettre sa vengeance à la fin de ses explorations. En effet, une grande armoire vitrée abritait une curieuse collection d'armes. Surprenant son regard, Andy se mit à les nommer.

— Celle du haut est une carabine Hall calibre 64 de chez Harper's Ferry, à percussion et chargement par la culasse. En dessous, tu as un revolver Remington-Beals calibre 44 et, à côté, un Colt Root modèle 1855 à cinq coups et chien latéral...

— Ce sont des pièces anciennes ? s'enquit Maggie, à qui tous ces noms et ces chiffres ne disaient pas grand-chose.

— Oui, ils datent tous de la guerre de Sécession. Je les tiens aussi de mes ancêtres. Aujourd'hui, bien sûr, les armes évoquent la violence, mais celles-là m'ont toujours touché. J'y vois un rappel des choses qui méritent qu'on lutte pour elles... C'est un peu ringard, n'est-ce pas ? conclut-il sans cesser de s'affairer autour du sapin.

— Non, pourquoi ? Moi aussi, j'ai des souvenirs de famille qui me sont chers. Le service de table de ma grand-mère, par exemple. Evidemment, ça ne ressemble guère à ta collection... quoique je possède un revolver, moi aussi.

— Ah bon ? dit-il en se retournant, l'air soudain très attentif.

— Parfaitement ! Enfin, pas pour les voleurs ou Dieu sait quoi de ce genre. D'ailleurs, je l'ai enfermé à clé dans mon grenier. Je me vois mal diriger une arme contre un autre être humain, quelles que soient les circonstances.

— Je reconnais bien là ton âme sanguinaire... Mais alors, à quoi te sert ce revolver ?

— Eh bien, peu après mon emménagement, une biche a été renversée sur ma route. Elle s'est traînée jusqu'au ravin derrière chez moi et, là, elle n'en finissait pas de mourir. J'ai appelé le vétérinaire, mais il avait un boulot monstre : pas moyen qu'il passe avant plusieurs heures. C'était affreux de voir cette bête dans cet état. Malheureusement, je n'avais rien sous la main pour abréger ses souffrances... A part un couteau de cuisine, mais j'ai été trop lâche pour m'en servir.

— Maggie, coupa Andy, cesse de te culpabiliser pour tout et n'importe quoi ! Tuer un animal, c'est dur pour tout le monde.

— Peut-être. En tout cas, dès le lendemain, j'ai acheté une arme. Et le bon Dieu doit être avec moi car, depuis, tous les animaux blessés que j'ai croisés avaient juste besoin d'un tout petit coup de main !

— Ta sœur, les bestioles... tu es un vrai Samu à toi toute seule. Et moi ? Tu crois que tu pourrais me sauver la mise ?

— Qu'est-ce à dire ?

Andy poussa un soupir. Un long et profond soupir.

— Ah ! et puis zut ! expliqua-t-il. Je suis vraiment trop nul. J'avais tellement envie de faire cet arbre avec toi ! Mais j'ai complètement oublié d'acheter des décorations de Noël. Ma femme a tout embarqué après le divorce, et il ne me reste plus que cinq ou six malheureuses guirlandes lumineuses.

Maggie le dévisagea. Bizarrement, il semblait réellement furieux contre lui-même. Et d'ordinaire, il demeurait toujours si flegmatique que c'en était presque un soulagement de le découvrir capable de s'énerver pour des broutilles !

Réprimant un sourire pour ne pas l'accabler davantage, elle s'approcha de lui.

— Tu sais quoi, shérif ? Personnellement, je n'ai jamais pensé qu'un sapin avait besoin d'être surchargé de boules et de guirlandes. Après tout, pourquoi masquer le plus beau, qui est l'arbre lui-même ? Quelques lumières suffiront bien à l'égayer. Tout compte fait, tu as eu un coup de génie en oubliant la déco !

Andy roula de gros yeux, mais sa mine était déjà moins maussade.

— Tu essaies juste de m'amadouer pour que je te culbute sur le canapé, c'est bien ça ? bougonna-t-il.

— Comme si j'avais besoin d'être gentille pour arriver à ce type de résultat !

— Quoi ! Tu me prends pour un homme facile ?

Arborant un air vexé, il partit chercher ses guirlandes. Deux minutes plus tard, il revint et installa la première. Maggie se chargea de la suivante, et quand toutes furent en place, elle insista pour qu'il aille éteindre les lampes du salon afin de mieux juger de l'effet et de pousser des oh ! et des ah !

— Des oh et des ah ? répéta Andy, perplexe.

129

— Enfin ! Où as-tu été élevé ? Pousser des oh ! et des ah ! fait partie intégrante du rituel de décoration d'un sapin de Noël !

Andy céda. Mais quand il la rejoignit devant l'arbre, le silence s'installa.

Les yeux rivés au sapin, Maggie déglutissait péniblement. Chaque Noël, elle achetait des cadeaux pour ses neveux, se rendait à la messe de minuit, cuisinait des gâteries pour le repas chez Joanna... mais de façon assez machinale. En réalité, depuis la mort de ses parents, elle avait renoncé à s'impliquer dans ces festivités. Sa mère et son père avaient toujours mis tant d'amour dans ces préparatifs de Noël que le simple fait d'y songer suffisait d'ordinaire à lui faire monter les larmes aux yeux. Son père glissant des surprises sous l'arbre... sa mère chantant des rengaines de Noël d'une voix de plus en plus haut perchée...

Oui, tout cela était si douloureux qu'elle avait préféré faire une croix dessus et ne plus y penser. Mais le sapin d'Andy avait quelque chose d'étrange. De magique. Ses souvenirs d'enfance lui revenaient en masse, mais sans plus lui inspirer la moindre tristesse. Comme si l'esprit de Noël était vraiment de retour !

Aussi, lorsque Andy lui effleura la main, c'est tout naturellement qu'elle se tourna vers lui. Elle s'attendait à ce qu'il l'embrasse, mais il se borna à l'enlacer pour la serrer contre son cœur. Et étrangement, ce simple contact la troubla encore plus que ne l'aurait fait un baiser. Car tout à coup, elle avait la sensation qu'Andy faisait partie de sa famille. Comme si ce bel arbre les unissait d'un lien plus fort que tout... Le cœur débordant d'amour, elle se sentait la poitrine prête à éclater.

Elle releva la tête. Leurs regards se croisèrent. En

soi, considérer un homme comme un membre de sa famille n'a rien de particulièrement érotique, et pourtant...

Et pourtant, dès que leurs lèvres s'unirent, les moins avouables des émotions qu'Andy éveillait en elle atteignirent, elles aussi, un paroxysme. La richesse de son amour pour lui semblait aiguiser ses sens, lui faisant à chaque instant découvrir de nouveaux parfums, de nouvelles couleurs, de nouvelles saveurs...

Un baiser en amena un autre, puis un autre encore. Avec une infinie douceur, les mains d'Andy jouèrent avec ses cheveux, puis s'attardèrent longuement sur son dos. La sincérité et la franchise avec lesquelles il s'obstinait à lui témoigner ses sentiments étaient irrésistibles... Et de fait, elle ne songeait plus du tout à résister !

— Dis-moi, chuchota-t-il au bout d'un moment. Tu n'as pas trop chaud, avec toute cette laine ?

— Oh ! si ! Et... tu sais quoi, Andy ?

— Mmm ? marmonna-t-il en lui passant hâtivement son pull par-dessus la tête.

— Je suis sûre que mes parents t'auraient adoré...

— Oh ! Moi, je sais depuis longtemps qu'ils m'auraient été sympathiques : il n'y a qu'à voir la fille qu'ils ont élevée. Mais tu te fais des illusions. Ton père aurait sûrement sorti son fusil s'il avait soupçonné mes intentions à ton égard.

— Tss... c'est vrai que les papas ont tendance à être un peu possessifs, concéda-t-elle en déboutonnant la chemise d'Andy pour mieux l'embrasser. Mais le mien a toujours su reconnaître quelqu'un de bien. Hem, à ce propos...

— Maggie, coupa Andy, tu as encore beaucoup de points délicats à soulever de toute urgence ?

— Non... juste une petite question. Tu ne comptes pas me refaire le coup du gentleman honorable ce soir, par hasard ?

— Que non ! J'ai la ferme intention de te mettre toute nue. Et de faire l'amour avec toi jusqu'à demain matin au moins. Sur le canapé, dans le lit, dans la baignoire, sur la table de la cuisine... Mais, dans ma grande bonté, je t'autorise à ajouter ou à retrancher tout ce que tu veux à ce programme.

Plutôt que de répondre par des mots, Maggie l'attira passionnément vers elle. Il riposta de la même manière, avec un baiser si fulgurant qu'elle en sortit toute tremblante. Puis il fit glisser les bretelles de son soutien-gorge en déversant sur ses épaules une pluie de baisers et, le temps qu'ils roulent tous deux sur le tapis, le soutien-gorge de Maggie avait disparu et la fermeture Eclair de son jean glissait. Elle-même s'attaqua au ceinturon d'Andy, qui lui lança aussitôt un regard de braise. Puis il s'empara de ses seins, les cajolant à plaisir jusqu'à ce que, d'un coup de reins impérieux, Maggie parvienne à se mettre à califourchon sur lui et se venge d'un baiser ravageur. Fébrilement exploratrices, ses mains s'égaraient sur les épaules d'Andy, sur sa poitrine, sur son ventre, s'efforçant de mémoriser chaque parcelle de sa peau...

— Doucement, murmura Andy.

Mais ce mot ne faisait plus partie du vocabulaire de Maggie. A la lueur clignotante des guirlandes, elle trouvait Andy beau comme un dieu païen. Sans doute l'accélération de son pouls devait-elle quelque chose à une pointe d'angoisse, un zeste d'inquiétude au moment d'effectuer le grand saut... mais n'avait-elle pas toujours su que cet instant viendrait ? N'avait-elle pas eu tout le loisir de s'y préparer? Andy et elle avaient passé l'âge de se satisfaire d'un simple flirt : il était grand temps de passer aux choses sérieuses! Du reste, Andy n'était pas homme à jouer avec les sentiments d'une femme. Pas plus qu'elle-même ne souhaitait jouer avec les siens.

Oui, au diable les tergiversations! songea-t-elle en glissant une main assurée dans le jean d'Andy. Cette fois, plus question de tricher avec ses sentiments ou avec son désir... Elle allait lui montrer à quel point elle avait envie de lui!

Simplement, il fallait que cela aille vite. Parce que son cœur cognait violemment contre sa poitrine, que ses nerfs menaçaient de craquer, qu'elle ne supportait plus cette intolérable tension, et qu'elle était certaine que tout irait mieux une fois que...

— Maggie? insista Andy.

Non. L'heure n'était plus aux longs discours. Plutôt que de répondre, elle s'empara de ses lèvres avec fougue, ferma les yeux pour se concentrer...

— Maggie, ça suffit, décréta Andy, faisant manifestement un gros effort sur lui-même pour la repousser.

Puis il lui saisit le visage à deux mains et l'immobilisa, comme pour mieux étudier son expression.

— Voyons, Maggie, qu'est-ce qui ne va pas?

— Rien, je te jure! J'ai juste très envie de toi.

— C'est ce que j'avais cru, maugréa-t-il. Et puis tu t'es mise à trembler comme une feuille, et à t'agiter comme si tu avais le diable aux trousses! Personnellement, je n'ai rien contre les montagnes russes : rapide, lent, tout est bon pour moi. Et à mon sens, si la première fois n'est pas parfaite, il nous restera toujours quelques décennies pour nous entraîner. Mais je ne me serais jamais attendu à ce que tu aies la trouille!

— Qu'est-ce que tu racontes ? Je n'ai pas peur !

— De rien ni de personne, je sais... Maggie, si tu n'es pas convaincue que c'est une bonne idée, ça ne marchera jamais.

— Mais je suis sûre ! C'est juste que...

— Que quoi ? Allez, dis-le, une fois pour toutes !

— Eh bien... C'est à propos de ces cauchemars que j'ai depuis mon accident. Tu n'arrêtes pas de plaisanter là-dessus, comme s'il était impossible que j'aie fait quoi que ce soit de mal...

— C'est bien mon avis, oui.

— Et j'aime que tu me taquines. Simplement, mon sentiment de culpabilité n'a pas disparu pour autant. Or, pour être aussi tenace, il doit bien reposer sur des faits réels ! Et quand je me suis rendu compte qu'on était partis pour aller jusqu'au bout... j'ai eu peur d'avoir commis un truc si moche que tu ne pourrais jamais me le pardonner. Quelque chose qui changerait radicalement tes sentiments à mon égard. Bref, quelque chose que tu aurais le droit de savoir avant qu'on aille plus loin ensemble.

Andy resta un moment silencieux. Puis il roula de côté et attrapa sa chemise. Très mal à l'aise, Maggie entreprit de rassembler ses propres vêtements. Le scintillement des petites lumières du sapin n'avait plus rien de magique. Il semblait au contraire vaguement hostile. Comme si des dizaines d'yeux clignaient d'un air réprobateur.

— Andy, tu es fâché contre moi ? murmura-t-elle.

— Non... Enfin si. Je comprends que cette fichue amnésie t'angoisse, Maggie. Mais tu n'as rien fait de mal, tu le sais pertinemment. Je te connais quand même assez, maintenant.

134

— Tu ne m'écoutes pas, Andy, voilà le drame. Tu veux absolument croire que je suis quelqu'un de trop bien pour...

— Oui, coupa-t-il. Je pense que tu es quelqu'un de bien. Tu es une des personnes les plus honnêtes que je connaisse. Mais pas sur ce coup-ci. Si tu n'avais pas envie de faire l'amour avec moi, ou si tu ne te sentais pas prête, tu n'avais qu'à me le dire ! Je croyais qu'on essayait de construire quelque chose de solide, sur des bases saines... Enfin, tant pis. Habille-toi. Je vais te raccompagner chez toi.

Ils enfilèrent leurs jeans et leurs bottes en silence. Maggie n'avait aucune envie d'en rester là, mais qu'ajouter ?

Dehors, le froid les saisit, et l'intérieur de la voiture était presque aussi glacial que l'expression figée d'Andy. Le trajet fut trop bref pour que l'habitacle se réchauffe, mais il dura quand même assez pour que Maggie réalise que le mutisme d'Andy n'était pas dû à la colère.

Elle l'avait blessé. Profondément.

De toute évidence, il s'imaginait réellement qu'elle avait inventé de toutes pièces une excuse pour ne pas faire l'amour avec lui. D'ailleurs, songea-t-elle, qu'aurait-il pu penser d'autre ? Elle s'était montrée si maladroite dans ses explications !

Enfin, Andy se gara devant chez elle, sortit de la voiture et referma les portières.

— Je te raccompagne à ta porte, dit-il.

— Rien ne t'y oblige, tu sais...

— Maggie, il est exclu que je te laisse rentrer toute seule à cette heure dans une maison non éclairée alors que je suis là. Donne-moi tes clés, un point c'est tout.

— Ecoute, Andy, je sais que tu en as après moi...

— C'est le moins qu'on puisse dire ! Mais je m'en remettrai, rassure-toi. Je t'aime, et même si tu me casses royalement les pieds, il n'y a aucune raison qu'on n'arrive pas à dépasser ça. Seulement, dans l'immédiat, je n'ai aucune envie de discuter. Alors passe-moi ta clé et laisse-moi rentrer chez moi. Demain sera un autre jour.

De fait, il semblait d'une humeur de dogue. Et Maggie savait pertinemment qu'il est des limites à ne pas dépasser face à un homme aussi furieux...

Mais Andy n'était pas n'importe quel homme. C'était le sien.

— Non, répliqua-t-elle.

10.

— Non? répéta Andy, incrédule. Non, quoi? Non, tu ne me donneras pas ta clé parce que tu préfères rester dehors à faire la causette jusqu'à ce qu'on gèle sur place? Ou non, demain ne sera pas un autre jour parce que tu m'en veux tellement que tu ne m'adresseras plus jamais la parole?

— Primo, je suis capable d'ouvrir ma porte toute seule, répliqua Maggie en joignant le geste à la parole. Alors cesse d'aboyer! Secundo, entre avant qu'on attrape tous les deux des engelures.

— Maggie, grommela-t-il, c'est idiot. Nous sommes à cran tous les deux et...

— A cran? coupa-t-elle. Parce que tu crois que je suis à cran?

Il se frotta la nuque avec embarras. Répondre paraissait risqué : Maggie ne semblait pas à prendre avec des pincettes!

Au fond, il s'en voulait à mort. Au lieu de passer des heures à batifoler dans la neige, que n'avait-il liquidé au plus vite cette histoire de sapin? Si encore il avait choisi un arbre plus petit. Et pensé aux décorations. Et surtout, que ne s'en était-il tenu à son programme de séduction en douceur devant leur premier sapin de Noël ? Non. Il avait été assez bête pour laisser les choses s'emballer. Comme si Maggie allait s'abandonner aussi facilement sans arrière-pensées ! Mais voilà, comme un âne, il y avait cru...

Le réveil n'en était que plus amer !

— Eh bien, sache que je suis très calme, au contraire, reprit rageusement Maggie en s'engouffrant chez elle.

— Bon... D'accord... Tu n'es pas à cran.

Hélas, il n'avait pas dû employer un ton assez conciliant, car Maggie fit aussitôt volte-face et revint vers lui, les yeux étincelant de colère.

— Tu crois être le seul à souffrir de cette situation ? hurla-t-elle. Figure-toi que, moi aussi, je suis amoureuse de toi ! Alors, si tu espères que tu vas rentrer dormir peinardement chez toi, tu te fourres le doigt dans l'œil !

Elle avait les poings serrés, et il n'aurait pas juré qu'elle ne voulait pas le frapper. Son aveu d'amour n'en était que plus stupéfiant mais, bien sûr, dans l'état d'exaspération où elle se trouvait, ses mots avaient peut-être légèrement dépassé sa pensée...

— Euh, Maggie..., commença-t-il.

Mais elle l'interrompit aussitôt.

— Je ne t'ai pas baratiné tout à l'heure ! Je t'ai dit la stricte vérité ! Tu crois que ça m'amuse d'avoir des trous de mémoire et des bouffées d'angoisse ?

De grosses larmes s'étaient mises à couler sur ses joues. Sous prétexte de les sécher, Andy en profita pour lui caresser le visage. Mais de là à entrer dans ses délires de culpabilité...

— Maggie, reprit-il, je ne nie pas tes cauchemars.

138

Mais j'ai peine à t'imaginer en train de faire du mal à une mouche, même pour sauver ta peau !

— Je sais bien..., dit-elle en reniflant. Mais pour l'instant, ce n'est pas le problème ! J'ai juste besoin que tu me croies ! J'ai vraiment envie de faire l'amour avec toi !

Il laissa échapper un profond soupir. Peut-être finirait-il un jour par apprécier le sel de la situation ? En tout cas, il n'aurait jamais imaginé qu'une femme puisse mettre autant d'ardeur à se disputer avec lui sur une question pareille ! Il voulait bien être pendu si Maggie était d'humeur à faire l'amour, mais une chose était certaine : il avançait en terrain miné.

— O.K., répondit-il prudemment. Si tu insistes pour que j'entre, je vais entrer.

— Bien sûr que j'insiste ! Qu'est-ce que tu crois ?

— Et si tu tiens à partager ton lit avec moi, Dieu sait que tel est mon plus cher désir.

— Andy, il me semble t'avoir répété sur tous les tons que c'est très exactement ce que je souhaite !

— Parfait. Dans ce cas, allons dormir.

— Dormir ?

— Oui. Dormir. D-o-r-m-i-r.

— Et c'est tout ?

— Oui, c'est tout. Ecoute-moi bien, gibier de potence. Je suis navré d'avoir à te refaire le coup du gentleman, mais là, franchement, tu as l'air davantage prête à me tirer dessus qu'à m'embrasser. Alors moi, je propose qu'on commence par une bonne nuit de sommeil. Après quoi, on verra bien dans quel état d'esprit tu te réveilles demain matin.

— Et... tu crois que ça va marcher ?

— Bien sûr. Pour peu que tu aies une brosse à dents à me prêter.

— Une brosse à dents ? Tu veux qu'on se brosse les dents ensemble... et rien d'autre ? commenta Maggie d'un ton qui trahissait le plus extrême scepticisme quant aux chances de réalisation de ce programme.

— Et alors ? Que peux-tu rêver de plus intime que de se brosser les dents à deux ? A ce train-là, je ne tarderai pas à me raser sous ton nez et à voir ton soutien-gorge tremper dans ma lessive...

Après avoir échangé quelques propos supplémentaires du même tonneau, ils se retrouvèrent tous deux en chaussettes dans le salon. Maggie s'avoua épuisée. Andy se proclama claqué. Après quoi il n'eut guère de mal à obtenir qu'elle grimpe à l'étage.

Affichant un air résolu, Maggie le devança dans la salle de bains et sortit une brosse à dents neuve de l'armoire à pharmacie. Andy s'empressa de garnir la brosse en question d'une fine couche de dentifrice, puis il tendit le tube à Maggie, comme s'il s'agissait de la chose la plus naturelle du monde. La jeune femme conservait son expression décidée et, dès qu'il fit mine de se brosser les dents, elle l'imita. Mais bientôt, elle éclata d'un rire nerveux.

— Ce doit vraiment être ce qu'on peut faire de moins romantique à deux ! s'exclama-t-elle.

— Il n'était plus question de romantisme pour ce soir, que je sache. Tu craches la première ?

— Jamais de la vie ! Je me demandais justement si je ne pourrais pas avaler la mousse.

— Tss tss ! La meilleure solution, c'est de cracher en même temps. Comme ça, personne n'est gêné et l'affaire est réglée.

Le moment venu, Andy dut néanmoins lui montrer l'exemple avant qu'elle se résolve à cette extrémité.

— Tu es un vrai pro de la cohabitation, hein, Gautier? ironisa-t-elle tandis qu'ils s'acheminaient vers la chambre.

— J'ai toujours été imbattable sur le dentifrice. Mais ça risque d'être plus délicat pour les pyjamas. Si j'avais su, j'en aurais apporté un, ou plutôt, j'en aurais acheté un pour en avoir un à apporter! Enfin, à la guerre comme à la guerre. Je veux bien garder mon slip si tu gardes le tien.

— D'ac!

— Et, bien sûr, on se déshabille dans le noir. Je suis très pudique, comme tu l'as sûrement remarqué.

— Oh! Et modeste aussi?

— Pas de mauvais esprit, s'il te plaît. Cela dit, j'aurai quand même besoin de quelques secondes de lumière. Sinon, avec tout ce qui traîne par terre, je suis bon pour me rompre le cou.

— Très juste. Il est plus prudent d'allumer.

— Et maintenant, passons aux questions vraiment intimes.

— Le contrôle des naissances?

— Maggie! Je te rappelle qu'on est là pour dormir. Apprends néanmoins que j'ai des préservatifs dans mon portefeuille, si jamais le besoin s'en faisait sentir au cours des dix ou vingt prochaines années. Non, dans l'immédiat, je voulais parler de véritables problèmes. Du genre : de quel côté du lit dors-tu?

— A droite.

— Bonté divine, quel heureux hasard! Il se trouve que je tiens absolument à dormir du côté gauche.

Andy se fraya alors un chemin jusqu'au lit, puis éteignit la lumière, se déshabilla et se mit entre les draps.

Il entendit ensuite un bruissement de vêtements qui tombaient sur le sol et, bientôt, Maggie se glissa auprès de lui. Puis elle s'immobilisa, raide comme une statue. Andy tapota encore deux ou trois fois sur son oreiller pour bien l'ajuster, et se figea lui aussi.

Alors, un lourd silence s'installa.

Au bout d'un moment cependant, Maggie se mit à rire, et Andy sut qu'il avait gagné. Cette fois encore, il avait réussi à la décrisper. S'il ne remuait pas un orteil, elle finirait sans doute par s'endormir... Du reste, il n'avait pas la moindre intention de bouger ! Il était déjà assez perturbé de la savoir presque nue, là, à portée de sa main !

La pièce était noire comme un four, et un vent furieux s'insinuait en sifflant sur les côtés de la lucarne. Voilà une fenêtre qui aurait bien besoin d'être calfeutrée, se dit Andy, s'efforçant de se raccrocher à ces considérations pratiques. Mais il percevait avec acuité la chaleur de Maggie, le parfum enivrant de sa peau... Ah ! Quel dommage qu'il ait été trop troublé chez lui, tout à l'heure, pour songer à regarder quel genre de sous-vêtements elle portait ! Maggie avait tendance à s'habiller de manière sportive, mais son bureau et sa chambre regorgeaient de fanfreluches tout à fait féminines... Et puis, il y avait la façon dont elle embrassait : pendant les premières secondes, elle se révélait toujours un modèle d'autodiscipline, mais ensuite, gare...

Non, il pariait décidément sur un slip en dentelle.

Ces considérations hautement philosophiques ne furent toutefois pas sans effets tangibles sur sa virilité. Exaspéré, il ferma les yeux. Ne pouvait-il donc penser à autre chose ?

C'est alors qu'il sentit la pointe d'un doigt effleurer son abdomen. Aussitôt, il rouvrit les yeux. Le contact avait été si léger qu'il crut d'abord avoir rêvé, mais trois autres doigts s'avancèrent bientôt sur sa cage thoracique.

— Hé ! protesta-t-il.

Les doigts battirent docilement en retraite. Mais il avait à peine eu le temps d'enregistrer leur disparition qu'un corps tout entier se ruait sur lui. Un corps féminin... et entièrement nu.

— Hé ! répéta-t-il. Qu'est-ce qui te prend ?

— Il fait froid de mon côté du lit...

— Maggie, tu mens comme tu respires ! Tes mains sont brûlantes... Je ne marche pas, ça n'était pas du tout prévu au programme. Et où sont ton slip et ton soutien-gorge ?

— Je n'ai pas l'habitude de dormir en sous-vêtements, figure-toi... Quant au programme, il a subi un léger changement. Somme toute, il n'y a aucune raison que ce soit toujours toi qui décides. Or je pensais justement...

Laissant sa phrase en suspens, elle déposa sur le cou d'Andy un long baiser tentateur. Puis elle s'installa plus commodément sur lui, l'enserrant entre ses deux jambes et plaquant insidieusement son ventre contre le sien.

— Maggie, je crois qu'il serait plus prudent que tu cesses de penser ce soir, bredouilla-t-il, tous les sens en éveil.

Mais la prudence semblait être le cadet des soucis de Maggie, à en juger par les libertés qu'elle prenait avec son pauvre corps déjà tendu de désir.

— Chut ! répliqua-t-elle. Je pensais, disais-je, que tu

as vraiment le chic pour me remonter le moral ! Tout à l'heure, j'aurais voulu rentrer sous terre tellement j'avais honte de m'être comportée comme une stupide névrosée avec toi, mais tu as réussi le miraculeux exploit de me réconcilier avec moi-même !

— Maggie, dans l'immédiat, tu ferais mieux de ne pas me prêter trop de vertus miraculeuses...

— Je te prêterai tout ce que je voudrai ! rétorqua-t-elle. Crois-tu qu'on fait impunément ce genre de choses à une femme ? J'étais déjà folle de toi, mais tu m'as forcée à t'aimer encore davantage. Alors maintenant, fini les faux-fuyants : tu es prié de passer aux actes... A moins que tu n'y voies de sérieuses objections ? conclut-elle d'une voix soudain moins assurée.

Il leva la tête. Elle baissa la sienne. Il n'aurait su dire qui embrassa qui, mais leurs lèvres fusionnèrent avec tant d'ardeur que rien ne semblait plus pouvoir les dissocier. C'était loin d'être leur premier baiser, mais jamais Andy n'avait senti Maggie mettre autant d'émotion dans une étreinte. Jamais elle ne s'était autant mise à nu... Et c'était divin !

Il persistait à se demander ce qui avait bien pu la paniquer tout à l'heure. De fait, son histoire d'amnésie ne le convainquait guère. Mais à présent, en tout cas, leur avenir dépendait de sa propre attitude, il le sentait. Puisque Maggie semblait craindre pour sa superbe indépendance, à lui de lui montrer que l'amour peut rendre un homme et une femme plus libres, et non l'inverse. Avec toute la délicatesse et le tact nécessaires...

Mais comment faire preuve de la retenue requise pour ce genre de démonstration avec une femme qui vous dépouille sans vergogne de votre slip ? Qui repousse énergiquement la couette au mépris des courants d'air ? Qui vous provoque avec tant d'adresse et de fougue que, pour un peu, on ne remarquerait pas qu'elle tremble ? Oh ! pas beaucoup... juste un frémissement des doigts, une pulsation des veines. Malgré l'obscurité, il voyait parfaitement les yeux de Maggie, à présent. Et ils exprimaient une gravité, une sincérité inouïes...

Bouleversé, il l'enlaça, reprit ses lèvres et la coucha sur le côté. Puis il promena une main apaisante sur la peau fine de ses épaules, de ses seins et de son ventre avant de descendre plus bas, lui arrachant un petit soupir de suprise. Comme par réflexe, Maggie releva une jambe, s'efforçant de se presser plus fort contre lui, mais il ne lâcha pas prise.

Il la sentait moite, et un furieux désir de la posséder lui fouetta les reins. Mais c'était trop tôt, il le savait... cette fois, on ne l'y prendrait plus ! Et puis, il avait cette impression un peu folle d'avoir attendu Maggie toute sa vie. Alors, à elle d'attendre un peu, maintenant !

Remontant sa main, il entreprit de déverser une kyrielle de baisers sur sa gorge et sur l'adorable vallonnement de ses seins. Puis, maîtrisant toute impatience, il la caressa longuement, voluptueusement...

Les mains crispées sur ses épaules, Maggie était déjà haletante, ce qui ne fit que l'encourager à continuer. Glissant le long de son ventre, il explora de la langue la dentelure de son nombril. Maggie en cambra les reins à se catapulter hors du lit, puis, comme il descendait encore, elle regimba un peu avant de s'immobiliser comme une biche aux abois, manifestement hésitante face à ce type de caresses...

Mais Andy était convaincu pour deux. Passant les deux cuisses de la jeune femme autour de son cou, il entreprit de la savourer tout entière, avec des baisers d'une infinie tendresse, attentif à ne pas la braquer. De fait, il ne savait que trop combien elle détestait se sentir vulnérable ! Or cette fois, il voulait qu'elle se livre corps et âme. Du fond du cœur. En toute confiance. Et cette confiance, il n'entendait pas la lui prendre, mais bien la lui donner...

Il ne se lassait pas de la découvrir, la cajoler. Puis, soudain elle fut là, implorante, entièrement présente et toute à lui. Se redressant alors, Andy récupéra à tâtons son portefeuille dans sa poche de pantalon et, sans cesser de couvrir Maggie de baisers, en sortit fébrilement un préservatif.

Enfin, d'un coup de reins, il fut en elle, remerciant le ciel de la sentir si prête à l'accueillir, car jamais il n'aurait pu attendre davantage.

Au fond, il n'en avait jamais voulu à Maggie de ses réticences à s'abandonner. Après tout, lui-même n'avait jamais été homme à se livrer facilement...

Mais Maggie était celle qui l'avait attendu sur l'autre rive d'un noir abîme. Celle qu'il n'aurait jamais cru trouver. Celle qu'il n'avait jamais réellement espéré conquérir...

Et à présent, elle lui rendait ses dons au centuple !

Convulsivement, ils s'étreignirent une dernière fois, puis Maggie soupira son prénom comme si elle rendait l'âme et il la rejoignit dans l'extase, avec la sensation qu'on les avait tous deux parachutés dans un même ciel embrasé de feux d'artifice.

Enfin, il se laissa retomber sur le matelas et attira Maggie contre lui pour la caresser doucement.

— Maggie ? murmura-t-il, encore tout émerveillé.

— Andy ! N'espère pas que je retrouve assez d'énergie pour discuter avant quarante-huit heures ! protesta-t-elle.

Riant sous cape, il l'embrassa sur le front avant de reprendre :

— T'ai-je déjà dit combien je t'aime ?

Elle se redressa alors sur un coude, avec une mine de chatte gourmande qui vient de laper une jatte de crème en toute impunité.

— Oui, dit-elle d'une voix suave. Je crois l'avoir enfin compris...

11.

Un blouson de cuir poursuivait Maggie. En quoi ce blouson représentait-il une menace, elle n'aurait su le dire, même dans son rêve. Toujours est-il qu'il la traquait dans un dédale de ruelles fort peu rassurantes. Elle n'en finissait plus de bifurquer et de courir comme une dératée pour tenter d'échapper à ce terrifiant blouson. Le visage de son père lui apparut soudain, à la fenêtre d'un quatrième étage. « Sois forte, Maggie, je compte sur toi », déclara-t-il d'un ton sévère. Puis, déboulant à un carrefour, elle aperçut sa mère qui lui criait d'une autre fenêtre : « Surtout, prends bien soin de ta sœur ! » Mais le blouson gagnait du terrain : il n'y avait plus une seconde à perdre. Une poubelle se renversa devant elle, et elle dut contourner le tas d'immondices. A bout de souffle, elle emprunta une nouvelle rue. Manque de chance, c'était une impasse ! Jamais elle ne s'était sentie aussi désemparée. Avec l'énergie du désespoir, elle fit demi-tour, à l'instant même où le blouson se ruait sur elle, manches tendues vers son cou comme pour l'étrangler...

Elle se réveilla en sursaut, le cœur battant, et

regarda autour d'elle. Plus de blouson, de ruelles sordides ni de défunts parents : rien que la pâle lueur de l'aube, soulignant le contour familier des meubles de sa chambre. Le seul élément un tant soit peu inhabituel était la présence de l'homme allongé auprès d'elle.

Un petit sourire lui vint aux lèvres. Ce cauchemar l'avait certes bouleversée, mais ce n'était rien à côté de ce qu'Andy lui avait fait subir durant cette longue nuit ! Son portefeuille ouvert encombrait encore la table de chevet. Elle ignorait combien de préservatifs il avait emportés mais, en tout cas, il n'en restait plus un seul !

Oui, Andy était un homme dangereusement créatif... Et il semblait ignorer le sens du mot inhibition ! Il lui avait fait découvrir des parties de son corps dont elle ignorait jusqu'à l'existence, et sa peau restait endolorie du contact d'une barbe naissante, dans des endroits où elle n'eût jamais cru que cela pût arriver à une femme respectable...

Elle observa le coupable, couché sur le ventre dans un sommeil proche du coma — ce qui n'avait rien d'étonnant vu la façon dont il s'était démené la veille. Les draps avaient glissé jusqu'à sa taille, et les plis soucieux qui encadraient d'ordinaire ses yeux et sa bouche s'étaient détendus, sans pour autant disparaître. Oui, ce satané shérif demeurait stoïque et consciencieux jusque dans son sommeil ! Elle se souvenait d'ailleurs l'avoir senti, en plein milieu de la nuit, remonter doucement les couvertures jusqu'à son menton, lui murmurer tout bas « je t'aime » et effleurer ses tempes d'un baiser...

Ah ! Cet homme n'avait décidément aucun scrupule. Il était prêt à tout pour rendre une femme folle de lui !

— Hu-huh...

Hypnotisée par les lèvres d'Andy, elle ne s'était même pas aperçue qu'il avait ouvert les yeux.

— Ça veut dire quoi, ce hu-huh ? s'enquit-elle.

— Que j'ai vu ton sourire concupiscent, mais ne compte pas sur moi ! Le pauvre petit gars innocent que je suis n'en peut plus pour l'instant.

— Innocent ? Tu veux rire ?

— Bon. Mettons que, depuis cette nuit, j'ai cessé de l'être. Je me doutais bien que ton influence sur moi serait des plus corruptrices, mais je ne t'aurais jamais crue aussi insatiable !

— Quoi ? C'est moi que tu traites d'insatiable ?

— Dis donc ! Qui a décidé de faire des galipettes, hier soir ? Tu as déjà oublié combien tu as insisté ?

— Non, je n'ai pas oublié le moindre détail de la nuit dernière, maugréa-t-elle.

— Moi non plus. Il y a certains trucs que j'avais lus dans des livres, mais je n'aurais jamais cru qu'on puisse les faire en vrai ! Il faudra qu'on réessaie. Si seulement je n'étais pas si fourbu...

— Andy ?

— Oui, ma chérie ?

— Tu es en train de te servir de tes mains d'une manière extrêmement indécente, et je sens de façon très tangible que tu n'es pas aussi fourbu que tu le prétends ! Tu es toujours aussi baratineur au réveil ?

— Et toi, es-tu toujours aussi belle au réveil ? répliqua-t-il en remontant la couette par-dessus leurs têtes.

Il semblait décidé à lui faire revivre les sensations

de la nuit, et, quand ils repoussèrent enfin leur cocon douillet, le soleil avait inondé la chambre d'une lumière rose.

— Tu sais, tu as soulevé une question intéressante, tout à l'heure, reprit-il avec un flegme que Maggie lui envia.

Pour sa part, elle était si troublée par ses caresses qu'elle avait complètement perdu le fil de la conversation !

— Mmm ? Quelle question ? demanda-t-elle.

— Celle de savoir si je suis toujours baratineur au réveil. On pourrait trouver des réponses à une foule de questions aussi passionnantes si je partageais ton lit plus souvent.

La voix d'Andy était nonchalante mais, en croisant son regard inquisiteur, Maggie jugea urgent de reprendre ses esprits.

— Je n'ai pas l'intention de partager mon lit avec qui que ce soit d'autre que toi, assura-t-elle. Mais si, par le plus grand des hasards, tu soulevais l'éventualité que nous vivions ensemble...

— Maggie ! coupa-t-il d'un ton de reproche. Tu crois que j'aborderais un sujet aussi grave avant le petit déjeuner ?

Eh bien... Oui ! Il en était fort capable ! songea-t-elle. Il avait négligemment posé la main sur son sein gauche, mais avant qu'elle ait pu le traiter de gredin sans principes, il reprit :

— Enfin, après tout, puisqu'il fait encore bien trop froid pour quitter la couette, pourquoi ne pas en profiter pour bavarder un peu en l'air ? Par exemple... as-tu déjà songé à avoir des enfants ?

— Tu veux parler de ces machins qui braillent la

152

nuit, ont besoin de couches et privent leurs parents de toute vie sexuelle?

— Exactement

— Ma foi... oui. J'adore les gosses. Et comme j'ai déjà pourri ceux de ma sœur à force de les gâter, il faudra bien que j'en fasse un ou deux moi-même pour pouvoir continuer... plus tard. Et toi? Tu as une opinion sur les enfants?

— Ces machins qui ne savent ni marcher ni parler, qui coûtent les yeux de la tête et qui donnent des ulcères à leurs papas tellement ceux-ci se font du mauvais sang pour eux?

— Précisément.

— J'aimerais bien en avoir un ou deux... Un jour ou l'autre. Tu as remarqué que j'ai commencé par les questions faciles?

— Les suivantes seront donc plus délicates?

— Non, non, juste ciel! Simplement... je pensais à nos maisons. J'adore la tienne, mais elle n'est pas bien grande. Quant à la mienne, je vois mal où y installer le genre de bureau dont tu as besoin.

— Andy, comment veux-tu que je me concentre sur cette conversation quand ta main est... là où elle est?

— Tu préfères que je l'enlève?

— Je n'ai pas dit ça.

— Alors, revenons à nos maisons. Je pensais qu'en bâtir une autre pourrait être une solution : tu dessinerais les plans et on la construirait ensemble... Mais c'est moi qui me chargerais du toit! Juste histoire d'éviter d'avoir une attaque en te revoyant juchée à une hauteur pareille... Mmm, j'imagine bien un endroit retiré avec des montagnes, des arbres.

Peut-être une écurie. Plus deux ou trois chambres d'amis, au cas où. Et assez de salles de bains pour qu'on ait chacun la sienne ! Parce que tu es décidément trop bordélique.

— Tu crois qu'on se disputerait ? Parce que tu es un maniaque du rangement et pas moi ?

— Non. On se disputera juste sur les questions d'argent. Mais de ce côté-là, ça fait longtemps qu'on a déblayé le terrain, non ? Et on a même passé le cap du dentifrice... A mon avis, Maggie, le plus gros est déjà fait, conclut-il avec un regard on ne peut plus sincère.

De toute évidence, il ne plaisantait plus.

Elle non plus.

— White Branch est une toute petite ville, Andy, soupira-t-elle. Je ne suis pas persuadée que les gens approuveraient que leur shérif vive maritalement avec une femme.

— Dans une toute petite ville, les gens ont justement tendance à se montrer plus tolérants. Et, de toute façon, je me fiche éperdument de ce que pensent les autres. Cela dit, je songeais à quelque chose de beaucoup plus compromettant qu'un simple concubinage... mais on en reparlera plus tard.

— Ah ? dit Maggie, retenant involontairement son souffle. Pas tout de suite ?

— Non. Pas question d'évoquer des choses aussi fâcheusement respectables avant que tu aies fini de me débaucher ! Néanmoins... je me demandais si tu aurais un moment pour aller faire un tour près de Wolf Creek, mardi prochain. C'est un coin sympathique, et le terrain n'y est pas cher. Je n'aurai guère plus d'une heure ou deux de libre ce matin-là, mais...

Ebranlée par les allusions matrimoniales d'Andy, Maggie avait mis un certain temps à réaliser qu'il était en train de formuler une invitation.

— Oh! Andy, je ne peux pas! s'exclama-t-elle soudain.

— Bon... tant pis, répliqua-t-il avec un regard si inquiet qu'elle en fut tout attendrie.

— Andy, je dois me rendre à Boulder lundi, expliqua-t-elle. Et je ne serai pas de retour avant mardi soir. Mes rendez-vous là-bas sont toujours prévus longtemps à l'avance, et je ne peux en aucun cas les déplacer. Mais si tu peux te libérer plus tard dans la semaine, je serai ravie de t'accompagner à Wolf Creek.

— Tu en es sûre?

— Certaine.

— Tu n'es pas en train de paniquer sous prétexte que je te bouscule?

— Tu m'as toujours bousculée, Andy. Ça ne m'a pas empêchée de tomber amoureuse de toi, il me semble.

— Non?

— Non.

Le lent sourire d'Andy aurait fait fondre un iceberg. Il était si rare qu'il trahisse la moindre vulnérabilité! Penser qu'elle avait le pouvoir de le blesser émouvait infiniment Maggie. Elle l'enlaça et, par ses baisers et ses caresses, s'efforça de le rassurer sur son amour.

De brèves images de son cauchemar de la nuit lui traversèrent l'esprit, mais elle les chassa résolument. Certes, elle persistait à craindre qu'Andy se soit formé une trop haute opinion d'elle mais, dans l'immédiat, quelle importance ? Andy l'avait sauvée d'un véritable désastre émotionnel la veille. Maintenant, c'était son tour d'en faire autant. Et s'ils continuaient à renforcer ainsi leur confiance mutuelle... quel obstacle pourrait leur résister ?

Lundi midi, Maggie, tirée à quatre épingles, s'apprêtait à sortir quand le téléphone sonna. C'était Joanna, dans tous ses états. Les garçons étaient à l'école, mais l'électricité avait sauté d'un côté de sa maison. Peut-être une ligne était-elle tombée ?

Maggie n'était pas en avance mais, bien sûr, sa sœur passait avant le reste. La panne se révéla due à un banal fusible. L'enfance de l'art — si ce n'est que son tailleur et ses escarpins ressortirent de la cave pleins de toiles d'araignées. Calmer Joanna prit, hélas, davantage de temps. Du coup, Maggie partit tard, se retrouva dans des embouteillages et dut prolonger sa première série de réunions jusqu'à plus de 21 heures. Elle se mit ensuite en quête d'un motel, se coucha directement et s'endormit aussitôt. Le lendemain, elle se leva à 5 heures et enchaîna réunion sur réunion pendant toute la matinée. Elle parvint néanmoins à tout boucler avant midi.

En temps normal, elle serait rentrée ensuite. Mais cette fois, elle avait un rendez-vous en ville à 13 heures, chez le Dr Llewellyn.

Le centre de Boulder était aussi décoré et animé que celui de White Branch, et il n'était guère plus facile de s'y garer. Le temps qu'elle trouve une place et pique un sprint jusqu'au cabinet médical, il était déjà 13 h 10. Et quand enfin on la fit entrer dans la salle d'examen, elle songea que c'était la première fois qu'elle avait un instant pour souffler depuis qu'elle avait quitté Andy.

Cela ne l'avait pas empêchée de penser à lui, bien sûr. Il était même la seule et unique raison de sa présence chez un médecin. La perspective d'un bilan complet ne la réjouissait guère, mais cette maudite histoire de cauchemars n'avait que trop duré. Il fallait qu'elle en ait le cœur net. Pour elle-même... Et pour Andy.

Le Dr Llewellyn la rejoignit bientôt. Il avait les cheveux blancs, le regard sévère, et ne semblait pas du genre à raconter des sornettes. Tant mieux ! Car cette fois, elle voulait la vérité. Toute la vérité...

L'examen lui parut interminable, mais pouvait-elle se plaindre d'un excès de scrupules de la part du médecin ? Enfin, celui-ci se percha sur un tabouret, prêt à délivrer son verdict.

— Jeune fille, déclara-t-il, vous vous portez comme un charme. A votre place, je ne me ferais plus aucun souci quant à d'éventuelles séquelles de l'accident. Je n'ai pas décelé le moindre problème.

— Mais je sais bien que j'ai une santé de fer, répliqua Maggie. Ce dont j'ai peur, c'est de devenir cinglée !

— N'ayant passé qu'une petite heure avec vous, je ne peux pas vous donner de garantie absolue à ce propos mais, à première vue, vous me semblez parfaitement saine d'esprit.

Il la ménageait, elle en était sûre.

— Docteur..., reprit-elle, dans un effort désespéré pour s'exprimer plus clairement. Je vous ai expliqué que j'ai perdu tout souvenir des vingt-quatre heures précédant mon accident. Sur le moment, le médecin des urgences m'a assuré que, quand on vient de subir un choc, une petite perte de mémoire ou un léger sentiment de confusion n'ont rien d'exceptionnel. Qu'il arrive que le cerveau se bloque temporairement...

— C'est tout à fait exact.

— Sauf que je n'étais pas responsable de cet accident. J'ai été emboutie par un chauffard ivre : il y avait des témoins.

— D'accord.

— Et pourtant, depuis, je n'arrête pas d'avoir des cauchemars. Des crises d'angoisse, de culpabilité. Comme si j'avais commis un acte abominable. Or je ne vois pas du tout d'où ça peut venir, et ces vingt-quatre heures qui se sont effacées de ma mémoire sont les seules durant lesquelles je ne peux être certaine de n'avoir rien fait de mal !

— Avez-vous déjà songé que vos efforts pour recouvrer la mémoire pourraient être la source de votre angoisse ?

— Oui. Mais vous ne comprenez pas. Je suis plutôt... une dure à cuire. Je n'ai pas l'habitude de me dérober devant les difficultés. Peut-être qu'une personnalité plus fragile éprouverait le besoin d'oublier une expérience traumatisante, mais pas moi.

— Hum. Je vois.

— Ne vous moquez pas de moi, s'il vous plaît.

— Je ne me moque pas de vous, jeune fille. Je sens bien que tout cela vous perturbe énormément. Mais, hélas, il n'existe aucun médicament susceptible de vous rafraîchir la mémoire. Le cerveau ne fonctionne pas comme ça. Je me permettrai néanmoins une petite suggestion...

158

— Laquelle ?

— Eh bien, passez un contrat avec vous-même. Votre emploi du temps pendant ces fameuses vingt-quatre heures vous inquiète ? Soit. Interrogez toutes les personnes que vous avez croisées pendant ce laps de temps, et demandez-leur de vous aider à reconstituer les moindres détails de ce qui s'est produit. Peut-être cela ravivera-t-il vos souvenirs, peut-être pas. Mais au moins, essayez. Et si vraiment cela ne donne rien, promettez-vous de renoncer une fois pour toutes. Cessez de vous torturer, admettez que vous avez tenté tout ce qui était en votre pouvoir... et passez à autre chose.

Sur le trajet du retour, Maggie songea à ce conseil. Du coup, elle s'arrêta en route pour téléphoner à sa sœur.

— Joanna, je ne serai pas à White Branch avant 18 heures, mais il faut absolument que je te parle. Cela ne te dérangerait pas trop que je passe te voir à ce moment-là ?

— Bien sûr que non, espèce de nouille ! Viens quand tu veux. Pour une fois que tu me demandes quelque chose...

Une demi-heure plus tard, Maggie se garait devant chez Joanna. Elle n'avait pas encore sonné que sa sœur ouvrait déjà grand la porte et la débarrassait de son manteau, s'affairant autour d'elle comme si elle avait les deux bras dans le plâtre et ne pouvait même pas remuer le petit doigt. En outre, un verre de bon vin l'attendait dans la cuisine. La Joanna neurasthénique et dépressive qu'elle connaissait semblait s'être soudain transformée en mère poule passablement tyrannique !

— Alors, sœurette, que puis-je pour toi ? J'en ai tellement assez d'être la bonne à rien qui a toujours besoin que tu voles à son secours !

— Voyons, Joanna, je ne t'ai jamais crue bonne à rien... Ton chagrin...

— Mon chagrin, oui, parlons-en ! coupa Joanna. Je me suis bien complu dedans. Toujours à larmoyer sur mon sort... Mais l'habitude de se faire assister est si vite prise ! Petit à petit, on finit par se persuader qu'on est réellement aussi incapable et démunie que le pensent les autres... Je te sers encore un peu de vin ?

Ebranlée par le tour que prenait la conversation, Maggie avait à peine touché à son verre. Andy lui avait pourtant bien suggéré qu'à trop choyer sa sœur, elle entretenait peut-être son manque d'assurance... Mais elle avait refusé de l'entendre. Or, à présent, les propos de Joanna elle-même semblaient indiquer qu'il avait eu cent fois raison !

— Joanna..., bredouilla-t-elle, je voulais juste que tu saches que tu peux compter sur moi, que je serai toujours là en cas de besoin... Dieu sait que mon intention n'a jamais été de t'enfoncer !

— Je sais bien, mon chou. Tu as trop bon cœur pour ça, répliqua Joanna en enfournant promptement un plat à gratin. Mais tu avais constamment peur que je craque, que je sombre dans la dépression... je le sentais bien ! Et tu sais quoi ? J'aurais pu en arriver là. Bon sang ! Je n'ai pas souvenir d'avoir pris une seule décision depuis un an sans t'en avoir d'abord parlé ! Tu chapitrais mes gamins quand ils faisaient des bêtises, tu comblais mes découverts bancaires, tu réparais tout dans la maison... Dire que, hier encore, je t'ai embêtée avec ce ridicule fusible ! Et même le jour où je me suis retrouvée ivre, tu as tout aplani sans broncher... Je ne suis pas près de recommencer, tu sais. Mais la question, c'est : pourquoi ne m'as-tu jamais engueulée, Maggie ?

— Parce que je t'aime.

— Non. La vraie raison, c'est que tu craignais que je ne tienne pas le choc. Et plus on me traitait comme de la porcelaine, plus je me croyais prête à casser... Ecoute, je ne jurerais pas d'être capable de me débrouiller seule, mais j'ai vraiment besoin d'essayer.

— Comme tu voudras, Joanna... qu'attends-tu de moi, au juste ?

— C'est bien simple : la prochaine fois que je t'appellerai au secours, envoie-moi promener.

— Tu es sûre ?

— Oh ! oui ! Cela ne pourra me faire que du bien... Et maintenant, assez parlé de moi. Il paraît que tu as un problème : je t'écoute.

Bouleversée par ce qu'elle venait d'entendre, Maggie resta un moment silencieuse. L'enfer est décidément pavé de bonnes intentions ! Avec sa stupide bonne volonté, elle avait fait, sans le vouloir et sans même s'en douter, un tort considérable à sa sœur...

— Maggie, insista Joanna. C'est à propos d'Andy ? Je sais bien que tu me prends pour une mollassonne, mais si ce type t'a fait de la peine, je te jure que je lui ferai passer un mauvais quart d'heure !

— Non... non, ça n'a rien à voir, je t'assure.

Puis, machinalement, Maggie prit son verre de vin et l'avala d'un trait.

C'était inouï ! Voilà des semaines qu'elle s'évertuait à combler son trou de mémoire. Des semaines qu'elle s'angoissait à l'idée d'avoir, peut-être, commis un acte horrible, sans jamais parvenir à imaginer ce que c'était. Et maintenant, juste au moment d'interroger sa sœur dans l'espoir de débloquer quelque chose dans son esprit... Voilà que, tout d'un coup, elle savait.

Oui. Il avait suffi qu'elle regarde Joanna s'activer dans sa cuisine, débarrasser son plan de travail, s'essuyer les mains sur un tablier, exactement comme elle l'avait fait le soir de Thanksgiving, pour que tout lui revienne en bloc.

Ce soir-là, elle et sa sœur s'étaient retrouvées dans la cuisine tandis que ses neveux s'acquittaient à toute vitesse de leur corvée de nettoyage. Roger avait prévu d'aller jouer sur l'ordinateur d'un copain, Colin prétendait avoir affaire en ville. Après la vaisselle, Joanna s'était éclipsée dans la salle de bains, et Maggie en avait profité pour partir à la recherche de Colin. Il avait fait preuve de beaucoup d'insolence en refusant de dire à sa mère où il allait, et elle entendait bien le sermonner...

Eût-elle attendu une minute de plus qu'elle l'aurait manqué. Colin était déjà dehors, en train d'enfiler un blouson. Un blouson de cuir neuf, à la dernière mode.

Joanna n'avait pas les moyens d'offrir ce genre de vêtements à ses fils, Maggie était bien placée pour le savoir. Et naturellement, Colin n'avait pas assez d'argent de poche pour se l'être payé tout seul...

162

Il l'avait volé.

— Maggie, reprit doucement Joanna, tu peux tout me dire, tu sais. Inutile de me ménager. Laisse-moi une chance de t'aider.

Mais Maggie la dévisagea sans mot dire. Car, non, décidément, personne ne pouvait l'aider. Ce qu'avait fait Colin était déjà assez grave, mais ce qu'elle-même avait fait ensuite — pour sauver son neveu, pour protéger sa sœur, pour essayer, bêtement, de tout arranger — était encore pire !

Comment avait-elle pu commettre un acte pareil ? Pour elle, le bien et le mal avaient pourtant toujours été deux notions simples et rigoureusement distinctes... On ne ramasse pas dans la rue un objet qui ne vous appartient pas, un point c'est tout. On ne ment pas pour se tirer d'affaire. Et si vraiment on doit se livrer à un acte répréhensible, du moins ne le fait-on pas en présence d'un enfant...

Or c'était très exactement ce qu'elle avait fait !

12.

Andy arriva devant chez Maggie à 19 heures, mais il ne tarda pas à déchanter : nulle trace de pneu fraîche sur la neige, aucun signe de vie dans la maison.

A vrai dire, il n'avait aucune raison de compter sur son retour à une heure précise. Elle lui avait bien expliqué qu'elle devait expédier tous ses rendez-vous chez Mytron, et qu'elle ne savait jamais à coup sûr le temps que cela prendrait. Il avait juste espéré qu'elle serait déjà là.

Il avait une bague au fond de sa poche, choisie chez le bijoutier le matin même. Il prévoyait d'attendre la nuit de Noël pour la remettre à Maggie, mais il avait quand même très envie de passer la soirée avec elle. Il avait l'impression qu'elle était partie depuis des siècles !

Faire l'amour avec elle avait été prodigieux, mais cela avait aussi irrévocablement changé leurs relations. Peut-être n'était-ce pas vrai pour tous les couples, mais il avait toujours su que ce serait le cas pour eux. Il avait certes craint que Maggie s'affole en l'entendant parler d'enfants et de vie commune, mais elle n'avait pas bronché. Et depuis, l'espoir lui donnait des ailes !

Oui, tant que leurs cœurs battraient à l'unisson, il se sentait prêt à surmonter tous les obstacles !

N'empêche. Le cœur de Maggie pouvait bien battre avec le sien, son corps n'en paraissait pas moins momentanément absent. Il en était quitte pour rentrer chez lui, et tenter de passer un coup de fil plus tard. Enfin. On ne meurt pas d'une séparation de quarante-huit heures avec l'amour de sa vie, n'est-ce pas ? On peut en souffrir, certes. En mourir, sûrement pas.

Il passa la marche arrière et se retourna, juste à temps pour apercevoir la lumière éblouissante de deux phares. Puis la voiture de Maggie le dépassa en trombe et se gara devant lui.

Un sourire béat aux lèvres, Andy regarda les longues jambes de la jeune femme sortir du véhicule et émit un petit sifflement admiratif. Il avait toujours adoré la silhouette de Maggie en jean, mais c'était la première fois qu'il avait l'occasion de la voir en jupe. Or le résultat était plus que probant...

— Qui sifflez-vous, shérif ? s'enquit-elle. Y aurait-il une autre femme dans les parages ?

— Comme si je risquais de remarquer une autre femme que toi !

— Hum ! Tu t'es encore entraîné au boniment...

Il la rejoignit, impatient de l'embrasser, et les lèvres de Maggie tremblèrent sous son baiser. Il prit d'abord cela pour une marque de passion, mais il ne tarda pas à s'apercevoir que les épaules de Maggie aussi étaient toutes crispées.

Perplexe, il releva la tête.

— Quelque chose ne va pas ? demanda-t-il. Tu n'as pas cambriolé une banque à Boulder, au moins ?

Il espérait la dérider, bien sûr, mais sa plaisanterie

eut l'effet inverse. Maggie devint toute pâle, et parut frappée d'un mutisme soudain.

— Hé! reprit-il, sérieusement inquiet cette fois. Tu as eu des problèmes professionnels?

— Non, dit-elle dans un souffle. Tout s'est bien passé. Les gars ont été super, on a bien avancé...

— Tu as vu un accident sur la route, alors? La circulation était difficile?

— Non, non. De ce côté-là, tout a marché comme sur des roulettes. Mais...

La voyant hésiter, il prit ses bagages dans une main et passa un bras réconfortant autour de ses épaules.

— Commençons par rentrer, d'accord? proposa-t-il. Tu seras mieux pour parler dedans.

Une fois à l'intérieur, cependant, il n'y eut pas moyen de l'apaiser. Comme elle ne voulait pas boire d'alcool, il parvint à la convaincre de prendre une tisane. Après quoi il prépara la tisane, mais Maggie ne la but pas pour autant. Entre-temps, elle s'était débarrassée de son manteau, mais elle tenait ses bras serrés contre sa poitrine et refusait obstinément de s'asseoir.

— Andy, il faut que je te parle, dit-elle enfin.

— Vas-y. Tu sais bien que je peux tout entendre.

— Eh bien, ce coup-ci, je n'en suis plus si sûre... Mais nous avons toujours été francs l'un envers l'autre, et toi comme moi avons déjà trop souffert à cause de gens qui s'efforçaient de dissimuler ce qu'ils éprouvaient vraiment...

— Maggie, l'interrompit-il, tu enfonces des portes ouvertes. Venons-en aux faits, veux-tu?

— Bon. Je sais que tu n'as jamais pris mon amnésie très au sérieux...

— J'ai toujours pris au sérieux tes inquiétudes à ce sujet, protesta-t-il.

— Peu importe. L'essentiel, c'est que j'ai recouvré la mémoire. Tout ce qui m'est arrivé pendant les vingt-quatre heures précédant l'accident.

— Mais c'est formidable !

— Pas tant que ça, répliqua Maggie en dénouant nerveusement son chignon.

Puis elle déballa toute son histoire. Comment elle avait découvert Colin avec un blouson volé. Comment le gamin n'avait même pas pris la peine de nier quand elle l'avait interrogé.

En entendant mentionner un vol, Andy avait senti toutes ses fibres de policier frémir. Après tout, c'était son boulot de gérer ce genre de problèmes ! Il parvint néanmoins à se contrôler jusqu'à ce que Maggie ait terminé son récit.

— O.K., conclut-il. Si je comprends bien, ton neveu a volé un blouson. Et comme tu l'aimes beaucoup, ça t'a bouleversée. Mais à présent, au moins, tu as la preuve que ton sentiment de culpabilité était immotivé. Ce n'est pas toi qui étais fautive.

— Mais si, Andy ! C'est juste un peu compliqué à expliquer... Colin n'est pas un mauvais garçon, tu sais. L'an dernier, il fréquentait une bande de gamins friqués. Peut-être espérait-il se faire mieux accepter en s'habillant comme eux ? De toute façon, c'était lié à la mort de son père. Son chagrin se manifestait sous forme d'agressivité, et ce vol était sans doute aussi en partie destiné à attirer l'attention de sa mère. Joanna a été si prise par son propre deuil que Colin a dû avoir le sentiment d'avoir perdu ses deux parents et...

— Epargne-moi le cours de psychologie, coupa sèchement Andy. Qu'as-tu fait ?

— C'est ce que j'essaie de t'expliquer depuis tout à

l'heure, répliqua-t-elle, se raidissant soudain. J'étais si secouée quand je l'ai découvert avec ce blouson que mon seul souci a été de trouver un moyen... d'arranger les choses. Pour que Colin n'ait pas d'ennuis... et que ma sœur n'ait pas, en plus, à affronter ça. Elle semblait tellement fragile ! Je craignais que ce soit la goutte d'eau qui fait déborder le vase...

— Maggie, tu me mets les nerfs en pelote. Quand vas-tu te décider à lâcher le morceau ?

Elle baissa les yeux puis, sans les relever, débita d'une voix monocorde :

— J'ai pris le blouson. Je suis rentrée chez moi. Et, le lendemain, j'ai enfilé ce blouson sous mon manteau. Je suis allée chez Mulliker's. J'ai fait semblant de regarder les vêtements pour hommes. Il y avait plein de monde, et ces blousons de cuir ont toujours une chaîne de protection contre le vol. Alors j'ai dû baratiner un vendeur pour qu'il m'ouvre la chaîne. Après quoi j'ai encore dû attendre une éternité que personne ne regarde. Et puis j'ai remis le blouson en place.

— Une minute ! s'exclama Andy, éberlué. J'aimerais être sûr de bien comprendre. Ce gamin a piqué un blouson, et tu t'es débrouillée pour qu'il s'en tire sans la moindre sanction ?

— Eh bien, rétrospectivement, je comprends que Colin attendait quelque chose de ma part. Il était devenu si serviable, si attentionné après l'accident... J'aurais dû me méfier. Et si je n'avais pas perdu la mémoire, peut-être que j'aurais... Enfin, ce qui est fait est fait. Ça ne sert à rien de réécrire l'histoire, conclut-elle en le regardant de nouveau droit dans les yeux.

— Et tu n'en as même pas parlé à ta sœur ! Alors que c'était son fils à elle, son problème à elle, et que tu n'aurais sans doute jamais dû t'en mêler !

— C'est vrai, admit Maggie.

— Puis tu t'introduis dans un magasin comme une voleuse, comme si remettre cet objet en rayon pouvait tout effacer ! T'es-tu seulement rendu compte que tu risquais de te faire arrêter ? Enfin, bon sang ! Où avais-tu la tête ?

Maggie prit une profonde inspiration. Son expression avait changé du tout au tout. Elle semblait à présent d'un calme olympien.

— Ma tête, je l'avais perdue, c'est évident, répliqua-t-elle. J'ai commis une erreur. Une erreur colossale. Mais c'est bien ce qui m'a toujours fait peur avec toi.

— Quoi donc ?

— Ton inébranlable conviction qu'il était impossible que j'aie commis le moindre méfait ! J'ai craint depuis le début que tu m'aimes sur la base d'un malentendu, Andy. Et la suite des événements m'a donné raison. Nous n'étions pas faits l'un pour l'autre... Mieux vaut que tu partes, à présent.

— Que je parte ? répéta-t-il, stupéfait.

Comment diable Maggie était-elle passée du vol commis par son neveu à leur amour à tous les deux ?

— Tout allait trop bien, soupira-t-elle. C'était trop facile. Je n'ai jamais pu me débarrasser de l'impression que tu m'idéalisais. Moi aussi, il m'arrive de commettre des erreurs, Andy. Et de taille ! Il était fatal que tu t'en aperçoives un jour.

Andy n'aurait su dire comment il se retrouva hors de chez Maggie mais, de toute évidence, elle l'avait fichu à la porte.

Incroyable. C'était après lui qu'elle en avait! Comme si c'était lui — et non elle! — qui était dans son tort...

Il reprit sa voiture mais, au lieu de rentrer chez lui, il se rendit au poste de police. C'était le seul endroit où il était sûr d'avoir la paix. Ses adjoints étaient de garde, mais seul un événement particulièrement grave aurait pu les tirer de chez eux ce soir : à l'approche de Noël, leurs locaux devenaient toujours aussi silencieux et déserts qu'une morgue.

Une fois arrivé, il s'affala dans son fauteuil, tira le coffret du bijoutier de sa poche, le posa ouvert sur son bureau et le regarda fixement.

Il avait envisagé de laisser à Maggie le choix de la bague mais, de toute manière, il y avait gros à parier qu'elle opterait pour quelque chose de sobre et de pratique. Alors, il lui avait choisi un anneau d'or tout simple. Et il avait juste ajouté un petit diamant, flanqué d'émeraudes. Des émeraudes vertes comme les sapins, que Maggie adorait. Et comme ses yeux, qu'il adorait.

Et maintenant, il n'avait plus qu'à rendre la bague. Cette tête de mule de Maggie avait décidé de le plaquer. Tout ça parce qu'elle-même avait commis *une* erreur... Ah! les femmes!

Se relevant, il se mit à arpenter la pièce.

Certes, songeait-il, tout le monde a ses instants de folie. Les hommes, les femmes, Maggie... Du reste, ce n'était pas la première fois qu'il se trouvait confronté à ses extravagances. Ainsi, sa volonté d'indépendance confinait parfois au fanatisme! Comme quand elle se piquait d'acheter une voiture cash... Et elle se comportait en vraie lionne dès qu'il s'agissait de protéger sa famille! Oui. Elle était même très abusivement surprotectrice. Quant à grimper sur un toit en plein hiver pour le plaisir de réparer une fuite toute seule... ça virait carrément à la démence !

Bref, Maggie ne manquait pas de défauts.

Qui ne faisaient, au fond, qu'ajouter à son charme.

Il regagna son siège. Contempla de nouveau la bague.

Ah ! non ! Ça c'était vraiment dingue ! S'en prendre à lui, alors que c'était elle qui avait disjoncté !

Mais le regard triste de Maggie ne cessait de le hanter. Il se remémora la façon dont il l'avait taquinée sans relâche. Ses plaisanteries sur les sept péchés capitaux, sur son passé de braqueuse de banques... Et même ce surnom de « gibier de potence » dont il l'avait affublée...

A force, peut-être s'était-elle réellement imaginé qu'il s'attendait à ce qu'elle soit parfaite ? Oh ! pas sur le chapitre des voitures, des toits ou des grandes sœurs... Mais plus en profondeur, peut-être ?

Seigneur ! Songer à toutes ces crises d'angoisse dont elle avait souffert ! Et à ses efforts désespérés pour les expliquer ! N'importe qui d'autre se serait éperdument fichu d'avoir de légers trous de mémoire, ou d'aussi vagues sentiments de culpabilité. Mais pas Maggie. Non, Maggie ne plaisantait pas avec la morale, elle. Pas plus que lui. Elle était bien trop exigeante envers elle-même pour cela.

Et lui... Il avait crié.

Il l'avait jugée.

Au fond, Maggie se croyait investie de la responsabilité de résoudre tous les problèmes de la terre. D'ailleurs, elle avait presque assez d'énergie et de bonne volonté pour y parvenir ! Mais sa générosité était son talon d'Achille. Il n'y avait qu'à l'entendre parler de sa sœur...

Oui, pour tous ceux qu'elle aimait, Maggie se dépensait sans compter. Aveuglément. Quoi qu'il pût lui en coûter.

Et c'était ce genre d'amour-là qu'elle lui avait offert ! Sans rien lui demander en échange. Alors même qu'il perturbait son existence. Qu'il menaçait sa liberté si chèrement conquise... Car jamais Maggie n'avait compté sur son aide à lui !

Et quand enfin elle s'était décidée à mettre ses sentiments à l'épreuve, à voir ce que valaient vraiment ses grandes déclarations d'amour...

Il n'avait rien trouvé de mieux à faire que de crier.

Oui, une fois au pied du mur, au lieu de saisir au bond cette chance inespérée de lui prouver que, vaille que vaille et quoi qu'il advienne, il serait toujours à ses côtés...

Il l'avait laissée tomber.

— Allons, ma fille ! se disait Maggie. Du nerf ! Tu peux y arriver.

Un sandwich au beurre de cacahuète séchait sur la table de sa cuisine, mais elle n'avait pu se résoudre à y toucher. A l'étage, son tailleur était toujours en tas sur le sol, et le long bain réconfortant qu'elle avait décidé de s'octroyer n'avait pas duré cinq minutes. Drapée dans une vieille robe de chambre, elle fixait l'écran de son ordinateur. Elle avait ramené de Boulder une pleine mallette de travail. Rien d'urgent, mais quelle importance ? L'essentiel était qu'elle s'occupe pendant les trois ou quatre heures à venir. Et si elle n'arrivait vraiment pas à se concentrer, peut-être trouverait-elle ensuite un autre moyen de tuer le temps ?

Elle porta la main à sa tête, se massa les tempes. Pour un peu, on l'aurait cru grippée tant elle avait les yeux rouges et le front brûlant ! Mais elle avait surtout le cœur en capilotade...

Comment avait-elle pu en arriver là ? Andy, sa sœur, Colin...

Enfin, côté famille au moins, elle connaissait la conduite à tenir : faire amende honorable, et cesser de vouloir absolument se mêler de tout. Du reste, avant de quitter Joanna, elle avait déjà commencé à redresser la barre, en racontant à sa sœur l'histoire du blouson et en prenant Colin à témoin. Son neveu avait paru soulagé que le secret ait été levé, et Joanna s'était montrée indulgente. Bien sûr, le problème n'était pas réglé pour autant. On ne change pas si facilement ! Il faudrait qu'elle travaille dur pour modifier son comportement. Mais du moins était-elle sur la bonne voie.

Tandis qu'avec Andy...

Avec lui, elle ne voyait vraiment pas comment rectifier le tir. Elle avait trahi sa confiance. A lui. Au seul homme au monde qu'elle n'aurait jamais voulu décevoir... Sa condamnation sans appel lui avait, certes, fait l'effet d'un coup de poignard, mais comment aurait-il pu être enthousiasmé par le rôle qu'elle avait joué dans cette malencontreuse affaire ?

Le carillon de la porte retentit soudain. Maggie sursauta, puis s'immobilisa. Il était près de 22 heures : quel visiteur imprévu pouvait bien se trouver à sa porte aussi tard, sinon Andy ?

Or elle avait besoin de temps, songea-t-elle, les yeux embués de larmes. La scène de tout à l'heure l'avait anéantie. Dans l'immédiat, le revoir était au-dessus de ses forces.

En bas, le carillon continuait néanmoins à sonner avec insistance. Comme sa voiture neuve était garée devant le chalet, le mystérieux visiteur devait pourtant bien se douter qu'elle avait choisi de ne pas répondre !

De guerre lasse, l'estomac et la gorge atrocement noués, elle se résolut à quitter sa chaise et descendit au rez-de-chaussée. Puis, raide comme un piquet, elle ouvrit la porte.

Le carillon se tut aussitôt. Maggie s'était plus ou moins attendue à voir apparaître le visage d'Andy, mais il était dissimulé derrière un sapin bien fourni.

— Aide-moi donc à rentrer cet engin, gibier de potence ! On jurerait qu'il est en plomb.

— Andy...

— Oui, je sais, coupa-t-il. Tu ne veux pas me voir, tu ne veux pas me parler. Mais laisse-moi au moins installer ça dans ton salon... Dès que j'ai fini, je repars, c'est promis. Il a encore ses racines, c'est pour ça qu'il est si lourd. Comme ça, tu pourras le planter plus tard...

Sans attendre davantage, Andy s'engouffra dans l'entrée et le sapin frôla la joue de Maggie. Il sentait divinement bon ! C'était un jeune arbre d'un mètre vingt, déjà orné de guirlandes lumineuses qui oscillaient dangereusement. Du reste, Andy faillit se prendre les pieds dans l'une d'elles, et Maggie se sentit obligée de se précipiter pour la ramasser. Elle poussa ensuite une chaise pour libérer de la place et, sans ajouter un mot, Andy dressa le beau sapin devant les portes-fenêtres.

A ce stade, l'essentiel du travail était terminé, mais

Andy semblait décidé à fignoler. Il commença par chercher une prise pour brancher les guirlandes, puis repartit vers sa voiture et revint avec une grande couverture rouge destinée à entourer la base de l'arbre. Maggie crut apercevoir dans un de ses plis un minuscule paquet enrubanné, mais elle préféra ne pas y regarder de trop près. Elle avait déjà assez de mal comme ça à se retenir de pleurer !

Après avoir installé la couverture, Andy se releva et, d'un air inspiré, se livra à une tentative peu concluante pour disposer plus artistiquement les guirlandes. Du coup, Maggie faillit vraiment éclater en sanglots !

— Il fallait que je te trouve un sapin, Maggie, commenta-t-il d'une voix calme. C'était trop injuste que tu m'aies aidé à faire le mien et que tu te retrouves sans rien. Et sur ce point-là, au moins, on se ressemble comme deux gouttes d'eau, n'est-ce pas ? On ne tolère pas les injustices...

Elle aurait voulu le remercier pour l'arbre, se débarrasser au plus vite des politesses d'usage et le voir repartir aussitôt. Mais elle était incapable de proférer un son. Et Andy, contrairement à ses lénifiantes promesses, en profita pour ôter sa veste et la lancer sur le canapé.

— Tu ne veux rien me dire, et tu as bien raison, poursuivit-il. A ta place, moi aussi je ne voudrais plus m'adresser la parole. Je sais bien que je t'ai déçue.

— C'est moi qui t'ai déçu..., protesta-t-elle faiblement.

— Non, Maggie, c'est moi. Si seulement je pouvais trouver une excuse pour m'être comporté de façon aussi stupide ! Tout ce que je peux dire à ma décharge, c'est que, quand j'entends le mot vol, j'ai des réflexes conditionnés qui me poussent à réagir en shérif.

176

— Tu *es* shérif.

— Pas avec toi, Maggie... Et dès que je me suis retrouvé seul, j'en ai été malade. Tous ces cauchemars dont tu m'avais parlé, toute cette angoisse qui te torturait... et moi qui refusais obstinément de te prendre au sérieux !

— Tu n'as rien à te reprocher. Personne n'aurait pu imaginer que je commettrais un acte aussi grave.

— Oui : tu as fait tout ton possible pour sauver ta famille. A première vue, je dirais que quiconque a jamais aimé peut comprendre ça, Maggie. Tu es la seule à t'imaginer que c'est un crime.

Il se tenait dos à elle, devant les portes-fenêtres. Dehors, des flocons tombaient lentement, luisants comme des lucioles au clair de lune.

— Mais je crois que tu as besoin de quelqu'un pour t'aider à dépasser tout ça, reprit Andy. Quelqu'un qui t'oblige à te pardonner... De force s'il le faut, puisque tu sembles décidément trop bornée pour y arriver toute seule !

En entendant le mot « bornée », Maggie sentit sa gorge se serrer un peu plus. Andy l'avait prononcé avec une telle tendresse !

— Ce que j'ai fait n'était pas une peccadille, murmura-t-elle. Ni d'après mes critères ni d'après les tiens.

— Ce n'était certes pas très malin. Mais personne n'est infaillible. Et puis, j'ai une théorie...

— Ah ? laissa-t-elle échapper.

— Absolument. Je pense que, si d'aventure il te prenait l'envie de commettre d'autres forfaits, mieux vaudrait que tu sois mariée à un représentant de la loi. Note bien que je ne dis pas que ce doit être moi.

— Non?

A présent, il s'était retourné et ne semblait plus avoir d'yeux que pour elle.

— Non, répéta-t-il. Je sais bien que j'ai tout gâché avec toi. Tu serais vraiment trop bête d'accorder une seconde chance à quelqu'un qui a déjà trahi une fois ta confiance! Mais j'ai ma petite idée sur le type qui conviendrait... Il te faudrait quelqu'un qui ne cherche pas à te coincer, qui respecte ton indépendance. Quelqu'un qui admette qu'il y a des choses que tu dois faire à ta manière, même si cela ne paraît pas toujours très prudent ni très rationnel. Quelqu'un qui comprenne que tu dois parfois aussi relever quelques défis, prendre quelques risques... Mais comme personne n'est à l'abri d'un coup dur, il te faudrait aussi quelqu'un qui sache — ces très, très rares fois où tu n'arriverais plus à t'en sortir toute seule — être présent pour te soutenir, te réconforter. Quelqu'un en qui tu aurais une confiance viscérale, car tu saurais que, pour le meilleur ou pour le pire, tu pourras toujours compter sur lui.

Bon, d'accord, Maggie ne pleurait jamais. Et surtout pas dans les moments critiques! Mais ça, c'était quand il n'y avait personne d'autre pour garder la tête froide! Or Andy savait pertinemment qu'il ne venait pas de lui décrire un inconnu. Et il la regardait comme si elle était à la fois le soleil, la lune, et les étoiles en prime!

Reniflant un peu, elle releva le menton.

— Tu verrais... quelqu'un à me proposer? balbutia-t-elle.

— Oh! non, je ne me permettrais pas! Mais j'imagine bien un enfant ou deux. Un grand chalet dans un coin tranquille. Et pour ce qui est des rêves, rien ne vous oblige à avoir les mêmes. Mais il faudrait au moins que vous soyez capables d'en parler ensemble, ou vous n'arriverez jamais à tenir la distance.

— Et quoi d'autre encore ?

Elle n'avait posé cette dernière question que pour gagner du temps, tenter de se ressaisir un peu... Mais ça n'avait pas du tout l'air de marcher !

— Eh bien, il faudra aussi que vous vous entendiez bien au lit, répliqua Andy. Et, dévergondée comme tu l'es, le gars ferait bien de se mettre vite au parfum ! Et puis... il y a une dernière chose, absolument indispensable.

— Quoi donc ? s'écria-t-elle avec une pointe d'exaspération.

Il dut sentir que cette exaspération était moins dirigée contre lui que contre elle-même, car il en profita pour se rapprocher d'elle. Tirant un mouchoir de sa poche, il lui essuya les yeux, puis lui tint fermement le mouchoir devant le nez.

— Souffle, ordonna-t-il.

— Devant toi ? Jamais !

— Crois-moi, Maggie, c'est comme le dentifrice. Il n'y a que le premier pas qui coûte. Après, tu te sentiras beaucoup mieux.

Alors, choisissant une fois pour toutes de lui faire confiance, pour cela comme pour le reste, Maggie souffla comme un phoque. Oui, avec Andy, pas besoin de tricher ou de faire des manières : elle pouvait être elle-même. C'était aussi pour cela qu'elle l'aimait tant ! Pour cela qu'elle avait cru mourir en s'imaginant leur belle histoire irrémédiablement finie...

Quelles qu'aient pu être les erreurs qu'elle avait commises, Andy, en tout cas, n'en faisait pas partie.

Qui eût cru que quelqu'un puisse aussi bien la percer à jour et l'aimer quand même !

— Alors ? reprit-elle d'une voix tremblante. Quel est ce dernier élément capital ?

— L'amour, dit gravement Andy. Je n'ai jamais pensé qu'il remplace le reste : il faut que tous les autres ingrédients soient réunis. Mais si je devais noter l'amour sur une échelle de un à dix... je lui donnerais quand même un neuf virgule quatre-vingt-dix-neuf, conclut-il en avalant péniblement sa salive. Et je t'aime plus que tout, Maggie.

N'y tenant plus, elle se jeta à son cou, non sans songer que cet ignoble individu venait sans doute de l'obliger à se vider les sinus en prévision de ce moment précis... Ce moment où elle l'embrasserait à perdre haleine, jusqu'à ce que ni l'un ni l'autre n'aient plus un centilitre d'oxygène dans les poumons !

Mais qu'importait l'oxygène ? La seule chose indispensable à sa vie, c'était la présence solide et rassurante de son shérif à elle.

— Et moi aussi, je t'aime ! murmura-t-elle avec ferveur. Oh ! Andy, j'avais si peur de t'avoir perdu pour toujours !

— Je crois qu'on s'est trouvés, au contraire. A propos, il y a une bague sous le sapin...

— Oh ! mon amour ! j'ai tellement hâte de la voir et de la porter ! s'exclama-t-elle avant de se pendre de nouveau à son cou.

Mais désormais, elle aurait toute la vie pour prouver à Andy qu'elle l'aimait. Sans réserves. Infiniment.

Du coin de l'œil, elle apercevait les petites lumières clignotantes du sapin de Noël — de *leur* sapin ! — qui emplissaient la pièce d'une atmosphère magique. Magique comme l'amour qui jaillissait de chacun de leurs mots, de chacun de leurs gestes.

Fous de bonheur, ils s'agenouillèrent tous deux près de l'arbre, se murmurant des projets d'avenir et des serments. Sûrs et certains, cette fois, que leur amour n'était pas un mirage, et qu'il reposait sur des bases indestructibles...

Le nouveau visage
de la collection Or

◆

AMOURS D'AUJOURD'HUI

Afin de mieux exprimer sa modernité et de vous séduire encore davantage, votre collection Or a changé de couverture et de nom depuis le 1er mars 1995.

Rassurez-vous, les romans, eux, ne changent pas, et vous pourrez retrouver dans la collection **Amours d'Aujourd'hui** tous vos auteurs préférés.

Comme chaque mois, en effet, vous y attendent des héros d'aujourd'hui, aux prises avec des passions fortes et des situations difficiles...

COLLECTION
AMOURS D'AUJOURD'HUI :
Quand l'amour guérit des blessures de la vie...

Chère lectrice,

Vous nous êtes fidèle depuis longtemps?
Vous venez de faire notre connaissance?

C'est pour votre plaisir que nous avons
imaginé un rendez-vous chaque mois
avec vos auteurs préférés, vos
AUTEURS VEDETTE dans les
collections Azur et Horizon.

Les **AUTEURS VEDETTE** vous
donneront rendez-vous pour de
nouveaux livres vedette.

Pour les reconnaître, cherchez
l'étoile... Elle vous guidera!

Éditions Harlequin

HARLEQUIN

LE FORUM DES LECTEURS ET LECTRICES

CHERS(ES) LECTEURS ET LECTRICES,

VOUS NOUS ETES FIDÈLES DEPUIS LONGTEMPS?

VOUS VENEZ DE FAIRE NOTRE CONNAISSANCE?

SI VOUS AVEZ DES COMMENTAIRES, DES CRITIQUES À
FORMULER, DES SUGGESTIONS À OFFRIR, N'HÉSITEZ
PAS... ÉCRIVEZ-NOUS À:
       LES ENTERPRISES HARLEQUIN LTÉE.
       498 RUE ODILE
       FABREVILLE, LAVAL, QUÉBEC.
       H7R 5X1

C'EST AVEC VOS PRÉCIEUX COMMENTAIRES QUE NOUS
ALLONS POUVOIR MIEUX VOUS SERVIR.

DE PLUS, SI VOUS DÉSIREZ RECEVOIR UNE OU
PLUSIEURS DE VOS SÉRIES HARLEQUIN PRÉFÉRÉE(S)
À VOTRE DOMICILE, NE TARDEZ PAS À CONTACTER LE
SERVICE D'ABONNEMENT; EN APPELANT AU
(514) 875-4444 (RÉGION DE MONTRÉAL) OU 1-800-667-4444
(EXTÉRIEUR DE MONTRÉAL) OU TÉLÉCOPIEUR
(514) 523-4444 OU COURRIER ELECTRONIQUE:
AQCOURRIER@ABONNEMENT.QC.CA OU EN ÉCRIVANT À:
       ABONNEMENT QUÉBEC
       525 RUE LOUIS-PASTEUR
       BOUCHERVILLE, QUÉBEC
       J4B 8E7

MERCI, À L'AVANCE, DE VOTRE COOPÉRATION.

BONNE LECTURE.

HARLEQUIN.

VOTRE PASSEPORT POUR LE MONDE DE L'AMOUR.

COLLECTION HORIZON

Des histoires d'amour romantiques qui vous mènent au bout du monde!

Découvrez la passion et les vives émotions qu'apportent à la Collection Horizon des auteurs de renommée internationale!

Captivantes, voire irrésistibles, ces histoires d'amour vous iront assurément droit au coeur.

Surveillez nos quatre nouveaux titres chaque mois!

La COLLECTION AZUR

Offre une lecture rapide et

- [x] stimulante
- [x] poignante
- [x] exotique
- [x] contemporaine
- [x] romantique
- [x] passionnée
- [x] sensationnelle!

COLLECTION AZUR . . . des histoires
d'amour traditionnelles qui vous
mènent au bout du monde!
Six nouveaux titres chaque mois.

GEN-AZ

Composé sur le serveur d'EURONUMÉRIQUE, À MONTROUGE
PAR LES ÉDITIONS HARLEQUIN
Achevé d'imprimer en décembre 1999
sur les presses de l'Imprimerie Bussière
à Saint-Amand-Montrond (Cher)
Dépôt légal janvier 2000
N° d'imprimeur 2573 — N° d'éditeur 7974

Imprimé en France